鉴古诗 品药点

经典文化与本草食养全民读本

丛书主编／陈永灿

编　著／杨益萍　陈金旭

丛书编委／（按姓氏笔画排序）

马凤岐　王恒苍

白　钰　任　莉

许　琳　杨益萍

吴娟娟　吴　培

张旻轶　陈金旭

范天田　郭　颖

上海科学技术出版社

图书在版编目(CIP)数据

鉴古诗　品药点 / 杨益萍，陈金旭编著. —上海：上海科学技术出版社，2019.10

（经典文化与本草食养全民读本 / 陈永灿主编）

ISBN 978-7-5478-4541-7

Ⅰ.①鉴…　Ⅱ.①杨…②陈…　Ⅲ.①古典诗歌-鉴赏-中国②食物养生-药膳　Ⅳ.①I207.2②R247.1③TS972.161

中国版本图书馆 CIP 数据核字(2019)第 167501 号

鉴古诗　品药点

编著　杨益萍　陈金旭

上海世纪出版(集团)有限公司
上 海 科 学 技 术 出 版 社　出版、发行

（上海钦州南路 71 号　邮政编码 200235　www.sstp.cn）

上海锦佳印刷有限公司印刷

开本 889×1194　1/32　印张 4
字数：90 千字
2019 年 10 月第 1 版　2019 年 10 月第 1 次印刷
ISBN 978-7-5478-4541-7/R·1895
定价：30.00 元

前言

中医药学是我国传统的医学科学，也是中华经典文化的组成部分。习近平同志指出："中医药学凝聚着深邃的哲学智慧和中华民族几千年的健康养生理念及其实践经验，是中国古代科学的瑰宝，也是打开中华文明宝库的钥匙。"我们要借古鉴今，守正出新，使中医药健康养生文化与现代社会生产生活相协调，将其以人们喜闻乐见、易于接受、广泛参与的形式，转化为人民群众的健康行为和生活方式。推动中医药健康养生文化的创造性转化、创新性发展，重在实践和养成相结合，达到外化中医健康养生理念于行、内化中华优秀文化价值于心的效果。

自古以来，中国人对于美食就有一种特殊情怀，如宋代大文豪苏东坡写下了诸如"雪沫乳花浮午盏，蓼茸蒿笋试春盘。人间有味是清欢"等称赞美食的千古名词。如何能够使美食与健康两相兼得呢？食养本草的出现给美食带来了一次华丽的蜕变，如苏东坡寻得"茯苓饼"的配方并制作食之："茯苓去皮，捣罗，入少白蜜，为麸，杂胡麻食之，甚美。如此服食已多日，气力不衰，而痔渐退。"既饱了口腹之欲，又能够益气力，退痔疾。又如元代饮膳太医忽思慧"于本草内选无毒、无相反、可久食补益药物，与饮食相宜，调和五味。及每日所造珍品，御膳必须精制"，使得本草膳食登上大雅之堂，专供皇家食用。而现在，随着人们生活水平的不断提高，人们对美好生活的需求越来越高，期望吃得有品位、吃得更健康，本草膳食便可以满足人们的这种需求。

中医药学十分重视饮食调养与健康长寿的关系，唐代著名医学家孙思邈十分重视食养食疗，他在《备急千金要方》里写道："食能排邪而安藏府，悦神爽志以资血气。若能用食平疴，释情遣疾者，可谓良工。"清代著名养生家曹廷栋言"以方药治已病，不若以起居饮食调摄于未病"。运用食物与本草药物配伍制成膳食，可以达到养生保健、祛病延年的目的。这些膳食将食养本草融入其中，便具有中医简、便、廉、验的特色，还具备食品色、香、味、形的特点，它没有想象中药物的苦涩与克戕，只有独一份的清香与滋补，既增进人体健康，又令人回味无穷。

《经典文化与本草食养全民读本》中所选食养本草基本来自国家卫生部门认可的"按照传统既是食品又是中药材"的药食两用中药，根据其不同的特性，选取作为药膳、药茶、药酒、药粥、药点、补汤中的主药，形成六大类食养本草系列，分为六个分册，每册选取50种常用食养本草。通过挖掘本草书籍中有关食养本草的记载及古代先贤养生保健实践经验等，追本溯源，传承发展，充分展示食养本草的传统养生防病精华。

本书目录仿照《本草纲目》的编次方式，分为草部、花部、果部、菜部等类别。书中每一种食养本草均以古代诗文为引，鉴赏诗词，体悟食养本草形意之美；其次进行中医养生功效解读；最后介绍本草膳食的制作方法。希望大家在学习中医食养知识，更好更快地掌握本草食养方法的同时，接受中华经典文化的熏陶，在鉴赏古诗中认识本草，在品味药膳中实践养生，既可以享受健康快乐，又能够提升生活品质。需要特别指出的是，书中的本草食养膳品是食品而不是药品，它们对颐养健身有积极作用，但不能替代药品治疗疾病。

本书由浙江省立同德医院、浙江省中医药研究院陈永灿名老中医专家传承工作室团队通力合作，编著而成。书中所收载的本草、食材均为寻常之品，容易置备，方便操作，所展示的药膳、药茶、药酒、药粥、药点、补汤图片也是团队成员自己拍摄的原创作品（除署名外），力求切合实用，开卷有益。“纸上得来终觉浅，绝知此事要躬行”，我们将继续做中医药知识普及和中医药文化传播的践行者，把中医药健康送进更多家庭，造福更广人群。

陈永灿

2019 年 2 月 19 日

于杭州西子湖畔

编辑推荐

本草食养系列丛书中最难，也最好吃的一本上场了！

如果你是“吃货”，如果你有饭后甜点、深更宵夜的“恶习”，一定要好好研习这本书，并且学以致用。当小吃清单里，是以人参菠菜饺、白扁豆花馄饨、覆盆子果酱蛋糕代替薯片、巧克力、奶油蛋糕，是以低糖低脂的薄荷绿豆糕、乌梅蜜饯枣、芝麻茯苓汤圆代替甜得发腻的超市成品，你不觉得人生上了一个大台阶吗？

为什么说这本书是丛书中最难的呢？因为如果要严格按照书中最原始的操作步骤来，自己做赤豆泥、芝麻馅、茯苓粉、山药粉，那可够工程浩大的。当然，这难不倒我们聪明的读者们。时至今日，那些古人们要耗费时日才能做成的食品原料都有成品卖了，可以省去最繁复的初加工工作。

相信吗？这本书的封面就是我们读者的作品。为了上封面，两位读者还进行了激烈的 PK。在这里，我们要特别表扬的是那位被 PK 掉的读者。她的作品没被选上封面，只是因为构图和清晰度没达到出版要求。她是一位执业药师，姐姐开了一家药店，做金银花饼时，鲜花采自自家药店门口，面饼纯手工制作。快看书里的小插图，可不鲜嫩青翠、垂涎欲滴！

赶快加入我们的读者群吧！一起来亲身体验、分享中医药文化硕果。

家庭真验方

目录

草部

葛根 2

莫莫葛藟，施于条枚 2

葛根雪梨糕 3　葛根红枣糕 3

石斛 4

山骨裁方斛 4

石斛汁馒头 5　石斛绿豆糕 5

人参 6

名参鬼盖须难见 6

人参菠菜饺 7　人参山药糕 7

黄精 8

白云深处黄精盛 8

黄精蜜饯膏 9　黄精芝麻面 9

玉竹 10

云旆萎蕤霞作裾 10

玉竹茯苓饼 11　玉竹麦冬糕 11

当归 12

分明记得约当归 12

当归黄芪包 13　养血健脾糕 13

益智仁 14

益智莫如愚 14

益智莲子包 15　益智山药饼 15

肉豆蔻 16

豆蔻连梢煎熟水 16

豆蔻姜糖饼 17　豆蔻全麦包 17

薄荷 18

烦心侵冰雪 18

薄荷绿豆糕 19　薄荷马蹄糕 19

芦根 20

更从外水种芦根 20

芦根马蹄糕 21　芦根山药包 21

决明子 22
阶下决明颜色鲜 22
决明子包子 23
平肝明目饭 23

覆盆子 24
贮之霜筠笼 24
覆盆子果酱蛋糕 25
覆盆子固肾蛋糕 25

花部

菊花 28
宁可枝头抱香死 28
菊花枸杞糕 29
菊花绿豆糕 29

金银花 30
忍冬清馥蔷薇酽 30
金银花鸡蛋饼 31
金银花马蹄糕 31

白扁豆花 32
开遍低棚扁豆花 32
白扁豆花馄饨 33
白扁豆花蒸糕 33

槐花 34
强随举子踏槐花 34
槐花米糕 35
槐花饺子 35

玫瑰花 36
诗人熏入水沉中 36
玫瑰鲜花饼 37
玫瑰花糖膏 37

谷部

黑芝麻 40
胡麻饼样学京都 40
芝麻茯苓汤圆 41
黑芝麻益肾糕 41

薏苡仁 42
玉粒照座光 42
薏米手擀面 43
健脾米粉糕 43

赤小豆 44
拔下黄秧种赤豆 44
赤豆桂花糍 45
赤豆黑米糕 45

果部

杏仁 48
清甘脆美异常品 48
杏仁甜酥 49
双仁蜜饯 49

乌梅 50
梅子留酸软齿牙 50
乌梅蜜饯枣 51
乌梅杏枣饼 51

桃仁 52
合欢桃核终堪恨 52
桃仁酥 53
桃仁红枣糕 53

大枣 54
西风梨枣山园 54
糯米镶蜜枣 55
大枣山药饭 55

木瓜 56

味涵玉液酸仍涩 56

木瓜椰奶冻 57
木瓜红糖包 57

山楂 58

露水白时山里红 58

山楂冰糖糕 59
山楂云卷糕 59

陈皮 60

经冬犹绿林 60

陈皮雪花糕 61
陈皮山楂糕 61

香橼 62

一杯清茗泡香橼 62

香橼蜜枣饯 63
香橼茯苓糕 63

佛手 64

临风藏妙绝 64

佛手山楂卷 65
佛手陈皮饭 65

白果 66

玉骨冰肌未肯枯 66

白果核桃糕 67
白果鸡蛋糕 67

桂圆 68

弄色映琱俎 68

桂圆枸杞糕 69
桂圆红枣糕 69

余甘子 70

余甘到底有遗味 70

余甘山药卷 71
余甘子米团 71

枳椇子 72

南山有枸，北山有楰 72

枳椇子糯米糕 73
枳椇子葛根糕 73

藕 74

藕碗冰红手 74

藕丝粉蒸糕 75
藕粉山楂糕 75

芡实 76

芡实如珠藕如臂 76

芡实糯米糕 77
芡实芝麻饼 77

木部

松花粉 80
金粉生香风细细 80
松花团子 81
松黄蒸饼 81

肉桂 82
玉桂影摇乌鹊动 82
肉桂糖粉蛋卷 83
肉桂燕麦饼干 83

丁香 84
琉璃叶下琼葩吐 84
手工丁香面 85
丁香南瓜饼 85

桑椹 86
深树鸣鸠桑椹紫 86
桑椹鸡蛋糕 87
桑椹芝麻糖 87

酸枣仁 88
酸枣垂北郭 88
枣仁助眠鸡蛋糕 89
枣仁桂圆莲子饭 89

山茱萸 90
朱实山下开 90
山茱萸蛋糕 91
茱萸山楂包 91

枸杞子 92
上有万颗珊瑚珠 92
枸杞玫瑰糕 93
枸杞山药糕 93

茯苓 94
山寒少茯苓 94
茯苓包子 95
茯苓薄饼 95

菜部

薤白 98
薤白罗朝馔 98
薤白鸡蛋煎饼 99
薤白公英馄饨 99

马齿苋 100
暮鼎羹马齿 100
干马齿苋包子 101
鲜马齿苋煎饼 101

山药 102
一杯山药进琼糜 102
山药茯苓包 103
山药薄脆饼 103
百合 104
云根百叠可为粮 104
百合米糕 105
百合面饼 105
灵芝 106
裛露采灵芝 106
灵芝猪肉包 107
灵芝肉蛋饼 107

虫部

蜂蜜 110
残花酝酿蜂儿蜜 110
蜂蜜蛋糕 111
蜜饯黑枣 111

兽部

阿胶 114
授我仙药，神皇所造 114
阿胶核桃糕 115
阿胶枣仁糕 115

草部

葛 根

莫莫葛藟，施于条枝

鸢飞戾天，鱼跃于渊。岂弟君子，遐不作人？
清酒既载，骍牡既备。以享以祀，以介景福。
瑟彼柞棫，民所燎矣。岂弟君子，神所劳矣。
莫莫葛藟，施于条枚。岂弟君子，求福不回。
——先秦·佚名《诗经·大雅·旱麓》

这首诗弥漫着温文尔雅的君子之风，这和祭祀的庄严仪式是相匹配的："老鹰展翅飞上蓝天，鱼儿摇尾跃于深渊。和乐平易好个君子，怎会不去培养青年。清醇甜酒已经斟满，红色公牛已备牺牲。用它上供用它祭祀，用它求取大的福分。柞树棫树那么茂盛，百姓砍来焚烧祭神。和乐平易好个君子，神灵要来把你慰问。葛藤一片到处长满，蔓延缠绕树枝树干。和乐平易好个君子，求福有道不邪不奸。"野葛早在先秦时期就已经被用在了祭祀活动中，可以看出先民对它的重视。

养生解读

葛根又名葛、葛藤、野葛，为药食同源植物，在我国民间食用历史非常悠久，作为中药材的应用亦有上千年。中医经典《黄帝内经》和文学名著《诗经》中对葛根的药用和食用价值均有记载。据说"葛"一名，来源主要是百姓为纪念葛洪。东晋时期医药家、养生家、道教理论家葛洪，在茅山脚下炼丹时弟子不慎染疾，葛洪帮弟子疗疾时发现这种青藤有解毒凉血之功，后在百姓间传开，还治愈了不少当地百姓的瘟疫，故称此根为"葛"。中医学认为，葛根味辛，性凉，具有解肌退热、生津止渴、透疹、升阳止泻、通经活络、解酒毒的功效。《药性论》中载："葛根能治天行上气、呕逆开胃下食，主解酒毒，止烦渴。熬屑治金疮，治时疾寒热。"

葛根雪梨糕

【材料】葛根 240 克，雪梨 150 克，小银耳 3 朵，枸杞子 9 克，冰糖适量。

【做法】①葛根研细粉，放入 300 毫升清水搅拌成生粉浆，过筛去除未溶于水的颗粒；②将泡发的小银耳、雪梨、枸杞子放入料理机，加入 300 毫升清水打碎待用；③银耳雪梨枸杞子水加入冰糖煮沸，倒入 1/3 的生粉浆，边倒边搅拌，熬成熟粉浆；④将熟粉浆倒入生粉浆，边倒边搅拌均匀，制成半生熟粉浆；⑤将粉浆倒入容器中，置蒸锅中，大火蒸 30 分钟，凝固即成。

本药点具有生津止渴、养阴润肺的功效，适合阴虚口干口渴、肺阴不足的慢性咽喉炎等人群食用。

【葛根红枣糕】

【葛根】

葛根红枣糕

【材料】葛根 240 克，红枣 120 克，红糖适量。

【做法】葛根研细，粉碎成葛粉；红枣泡水，洗净，去核，加入红糖水，煮软；将枣泥和枣皮分离，枣泥倒入搅拌机搅拌均匀；将葛粉、红枣水、枣泥和在一起搅拌均匀，过两次筛子，去除枣皮；制成葛粉红枣浆后，一层层倒入锅里蒸，底层熟了再倒一层，倒入前均需先搅匀，避免沉淀；蒸好切糕即成。

本药点具有生津止渴、健脾、补血的功效，适合脾胃气血不足之神疲力乏、口干、大便易溏的人群食用。

石 斛

山骨裁方斛

山骨裁方斛，江珍拾浅滩。
清池上几案，碎月落杯盘。
老去怀三友，平生困一箪。
坚姿聊自儆，秀色亦堪餐。
好去冀卿舍，凭将道眼看。
东坡最后供，霜雪照人寒。
——宋代 · 苏轼《寄怪石石斛与鲁元翰》

这首诗是苏轼和鲁元翰的友情见证，既表达了诗人寄情山水、旷达闲适的自在之情，又将正气凛然、志向高远的豪情气概交织在一起，表现出诗人的高尚情操。诗中“方斛”即石斛。全诗的意思是：诗人从山中怪石上裁剪下石斛，将它栽植到江边浅滩顺手偶得的怪石上。浇灌一汪清水来滋养石斛，并将它搁置在案桌上欣赏，月光洒落在怪石下的石池中，水波荡漾，波光粼粼。岁月渐渐老去，诗人十分怀念老友，他一生较为困顿，生活亦是清贫。但他并没有消沉，而是寄情石草，栽培石斛，欣赏怪石的坚硬姿态，聊以自醒；石斛花色秀丽，堪能作餐。这盆栽石草将被送到朋友鲁元翰家舍，请他用慧眼观看。这是诗人东坡居士最后清供的，鲁元翰是了解他的，诗人就算傲立霜雪中，亦不畏严寒，斗志昂扬。

养生解读

石斛又名林兰、杜兰、金钗花、悬竹等。《神农本草经》中载：“石斛，味甘，平。主伤中，除痹，下气，补五脏虚劳羸瘦，强阴。久服厚肠胃，轻身延年。一名林兰。生山谷。”《道藏》中将石斛排在了“中华九大仙草”之首。而铁皮石斛因其良好的药用食用功效，在古今众多传说中有“救命仙草”之称，如铁皮石斛是韩愈的救命草、文成公主的嫁妆等。中医学认为，石斛味甘、微苦，性微寒，具有益胃生津、滋阴清热的功效，《日华子本草》中亦称其可“治虚损劳弱，壮筋骨，暖水脏，益智，平胃气，逐虚邪”。

品药鉴点

石斛汁馒头

【材料】新鲜石斛 45 克，面粉 450 克，酵母 6 克，白糖适量。

【做法】①新鲜石斛洗干净，放入榨汁机，加入适量水，榨出鲜石斛汁，稀释；②将面粉和酵母混合，加入鲜石斛汁，搅拌，揉捏，罩上保鲜膜，充分发酵；③待发酵至原来体积两倍后，取出面团，捏成长条，平分切成面团剂子，再分别擀开，做成馒头形状，摆入蒸笼，大火蒸 15 分钟左右即可。

本药点具有生津养阴的功效。适合阴津不足、口干、便结的人群食用。

石斛绿豆糕

【材料】石斛（打粉）15 克，糯米粉 450 克，绿豆 450 克，白糖适量。

【做法】①先将绿豆煮熟焖烂，制成绿豆沙，加入石斛粉、白糖做成馅料，备用；②将糯米粉加入适量温水调制，和成米粉团，静置 10 分钟，搓成长条，分成大小均匀的剂子；③将剂子揉搓成圆球状，包入馅料，放入蒸笼，大火蒸 20 分钟左右即可。

本药点具有养阴生津、清热解毒的功效。适合阴亏、夏暑口干、口疮、咽痛、大便偏干等人群食用。

人 参

名参鬼盖须难见

五叶初成椴树阴，紫团峰外即鸡林。
名参鬼盖须难见，材似人形不可寻。
品第已闻升碧简，携持应合重黄金。
殷勤润取相如肺，封禅书成动帝心。
——唐·陆龟蒙《奉和袭美谢友人惠人参》

本诗首联描写了野山参的生长习性与产地。人参喜欢潮湿的地面环境，喜欢与椴树为伍，紫团峰和鸡林是野山参的两个主要的出产地。颔联叙述的是野山参的地下形状特征。一种有名的野山参叫做“鬼盖”（人参的别名），已经难得一见，野山参长得像人的形状，更是无法轻易找寻得到。颈联是写人参的品级地位，名望已如同珍贵的书籍，携带时相当于黄金般贵重。尾联亦是表达了人参的地位之高，连帝王都动了封禅之心。

养生解读

人参别名较多，如神草、圆参、地精、棒槌、鬼盖、人衔、土精等，历来被当作百草之王，颇存灵性。关于人参的传说有很多，《太平御览》记载一则小故事：隋文帝时期，上党地区有一户人家的屋后每夜有人呼唤，却不见人影。那户人家后来发现离宅一里外有一株人参，于是挖掘五尺，得到人参的根，长得很像人体的形状，以后便不再闻及呼喊声。中医学认为，人参味甘，性平，具有大补元气、补脾益肺、复脉固脱、安神益智、益气摄血的功效。《神农本草经》中载：“人参，味甘微寒，主补五脏，安精神，定魂魄，止惊悸，除邪气，明目，开心益智。久服，轻身延年。一名人衔，一名鬼盖。生山谷。”

现代药理研究表明，人参主要含有人参皂苷、挥发油、有机酸、黄酮、氨基酸、多糖等成分。药理作用主要包括调节中枢神经、提高免疫力、抗疲劳、降血糖、调节血压、抗休克、促进造血功能、护肝、调节内分泌等。

品药鉴点

人参菠菜饺

【材料】人参9克，菠菜1 200克，猪肉390克，面粉720克，生姜、葱、花椒粉、酱油、芝麻油、盐各适量。

【做法】①菠菜去茎留叶，搓成菜泥，加入清水搅拌均匀，放入纱布内，绞出菠菜汁；②人参打成细粉备用；③猪肉洗净，剁成肉泥，加入食盐、酱油、生姜末、花椒粉拌匀，加少量水拌成糊状后，放入葱花、人参粉、芝麻油，和匀制成馅；④面粉加入菠菜汁和面，如菜汁量不足可加清水，揉至表面光滑，制成饺子皮，包成饺子；⑤锅里放入水，煮开后下饺子，煮熟后捞出即成。

本药点具有补脾肺、益气血的功效。适合脾虚食少、肺虚时咳、气血不足、容易疲劳的人群食用。

人参山药糕

【材料】人参6克，山药、茯苓、芡实各12克，糯米粉、粳米粉、白糖各900克。

【做法】人参、山药、茯苓、芡实打成细粉；将上述粉末、糯米粉、粳米粉、白糖一起放入盆中，加水适量，揉成面团，制作成糕状，放入笼屉，武火蒸25～30分钟，熟透即可。

本药点具有健脾开胃、培补元气的功效。适合脾胃虚弱、食少乏力、大便偏软、身体羸弱等人群食用。

黄　精

白云深处黄精盛

割断凡缘，心安神定。山中采药修身命。
青松林下茯苓多，白云深处黄精盛。
百味甘香，一身清净。吾生可保长无病。
八珍五鼎不须贪，荤膻浊乱人情性。
——宋·张抡《踏莎行·其九》

这首词寄托了词人的修身养性之情，意思是：割断凡尘俗缘，使心神能够安定。进入深山中采集草药，修养身体性命。茯苓多长在青松林下，白云深处的山中，黄精生长得非常茂盛。食物滋味甘甜香美，身心清净，没有烦恼。如此才可以维护身体长久健康而不受疾病困扰。对于各种珍馐美味，都不应贪食，因为这些荤腥膻味腻浊之品非常容易扰乱人身的平常性情，从而影响身体的健康。

养生解读

黄精又名黄鸡菜、爪子参、老虎姜、鸡爪参等，山区百姓常将黄精当作蔬菜进行食用，既可以充饥，又有养生健体之效。黄精始载于《雷公炮炙论》，将其列为上品。徐铉《稽神录》记载一则小故事：有一婢女不愿当小妾，逃到山中，饥饿难忍，拔一草根而食，味甘美，久食不饥。有一日，她在树下突遇老虎，情急之下腾身便跃上树梢。此后她日间行走，常食此根，夜宿树上。世人谓其拥有仙骨。中医学认为，黄精味甘，性平，具有补气养阴、健脾润肺、滋养肾精的功效。

现代药理研究表明，黄精所含的黄精多糖由葡萄糖、甘露糖及半乳糖醛酸组成，含有人体所需的8种微量元素及11种氨基酸，还含有黄酮类甾体皂苷及甲基糠醛等多种成分。药理作用主要包括提高记忆力、抗炎、降血糖、抗抑郁等。

药点品鉴

黄精蜜饯膏

【材料】干黄精 90 克，蜂蜜 180 克。

【做法】将干黄精洗净，放入锅内，加适量水，浸泡透发，再以小火煎煮至熟烂，收汁待干时加入蜂蜜煮沸，调匀，倒出待凉后装罐，即成。

本药点具有补中益气、添精补髓、强筋健骨的功效。适合肝肾不足、头晕耳鸣、倦怠乏力等人群食用。

［黄精芝麻面］

黄精芝麻面

【材料】制黄精 15 克，黑芝麻 30 克，面粉 150 克，食盐、味精、葱、酱油各少许。

【做法】制黄精洗净后放入锅内，加适量水，用武火煮开后转文火煮 30 分钟，去渣留汁；将黄精汁倒入面粉内，加适量水，揉成面团，擀成面条；将黑芝麻炒香，捣成粉备用；锅内煮开水后放入面条，煮熟后出锅，捞进放有佐料、黑芝麻粉的碗内，拌匀即成。

本药点具有补肝肾、益精血、润肠燥等功效。适合肝肾不足、头晕耳鸣、大便干结等人群食用。

玉　竹

云旆萎蕤霞作裾

云旆萎蕤霞作裾，风静半天河有无。
同榮夜结合欢带，织女新嫁牵牛夫。
古今此会从容少，百合未谐甘草草。
预知仔细属明年，续断犹胜弓弩弦。
——宋·张扩《药名七夕行》

这是一首描述牛郎织女在七夕相会的药名诗，诗中萎蕤即为玉竹，诗文中还蕴藏了合欢、牵牛(子)、从容(苁蓉)、百合、甘草、预知(子)、续断等一系列中药，以药名表达诗意，情真意切。全诗意为：有云纹图饰的大旗、七彩霞光的衣服气势非凡，静静地没有风时，就如天河似有若无般存在。牛郎织女同结连理为夫妻，从此以后相会次数很少，且为匆匆一见。他们想要再见，需等待明年的七夕，虽然只是每年短暂的相会，但也比离弦的弓箭有去无回好得多。全诗表达了牛郎织女相会的美好和满足之情，诗中饱含的深情颇为感人肺腑。

养生解读

玉竹又名萎蕤、玉参、铃铛菜、地节、尾参等，开花时具有较高的观赏价值，秋季采挖的根茎有良好的食用和药用价值，尤其有益于女性。相传，唐代有一名宫女，因不堪忍受皇帝的蹂躏逃出皇宫，躲入深山老林之中。她没有可以充饥的食物，便采玉竹为食，天长日久，身体轻盈，皮肤光洁。后来宫女与一猎人相遇，结庐深山，生儿育女，年过花甲才同丈夫子女回到家乡。家乡父老见她依然是当年进宫时的美丽容颜，十分惊叹。中医学认为，玉竹味甘，性微寒，具有养阴润燥、生津止渴的功效。《本草经疏》言其：“萎蕤，详味诸家所主，则知其性本醇良，气味和缓，故可长资其利，用而不穷。”

现代药理研究表明，玉竹的药理作用主要有调节免疫、降血糖、抗肿瘤、抗病毒、延缓衰老、抗疲劳、保护心血管系统等。

品药鉴点

玉竹茯苓饼

【材料】玉竹21克，茯苓18克，粳米粉90克，白糖适量。

【做法】将玉竹、茯苓研成细粉；将粳米粉与玉竹茯苓粉、白糖放入盆中，加适量清水，调成糊状；开小火在平底锅上煎成薄饼即可。

本药点具有养阴生津、宁心安神的功效。适合阴液不足、夜寐不安、容易口干的人群食用。

［玉竹、麦冬］

［玉竹麦冬糕］

玉竹麦冬糕

【材料】玉竹30克，麦冬15克，马蹄粉600克，白糖180克，猪油少许。

【做法】玉竹研成细粉备用；麦冬煎成浓汁；将马蹄粉加白糖、清水、玉竹粉、麦冬浓汁拌匀，倒入模具，模具内抹少许猪油；放入笼屉蒸熟即成。

本药点具有养阴生津、清热化痰的功效。适合阴虚咳嗽、口干口渴等人群食用。

当　归

分明记得约当归

相思意已深，白纸书难足。
字字苦参商，故要檀郎读。
分明记得约当归，远至樱桃熟。
何事菊花时，犹未回乡曲。
——宋·陈亚《生查子·药名闺情》

这是一首情深意切的药名闺情词。词中写道：自从与夫君离别之后，思念的情绪日渐加深，这短短的信笺，无法倾尽我的思念之情。信中的每一个字都饱含我的情义，希望夫君仔细阅读感悟。我清楚地记得当日分手时的情景，我一再叮嘱丈夫，最迟不要超过樱桃红熟时回家。但现在连菊花都开了，你为什么还不回来呢？词中以深挚的感情和浅近的语言，别出心裁地妙用一连串药名，如当归、薏苡仁、白芷、苦参、狼毒、远志、菊花等，抒发了词人的相思之情。

养生解读

当归又名干归、秦归、云归、岷当归、文无等，其得名有三种传说。《药学词典》载“当归因能调气养血，使气血各有所归，故名当归”；《本草纲目》云“古人娶妻要嗣续也，当归调血为女人要药，有思夫之意，故有当归之名”。《三国志》记载一则故事：曹操听闻太史慈为东吴效力，知道他满腹才华，期望他弃吴北归前来投曹，便给太史慈传递了一封信，并在里面放入了一些当归，争取他“回归”。中医学认为，当归味甘、辛，性温，具有补血活血、调经止痛、润肠通便的功效。

现代药理研究表明，当归中含有挥发油、当归多糖、多种氨基酸、维生素 A、维生素 E、维生素 B_{12} 及多种人体必需的营养物质。

品药鉴点

当归黄芪包

【材料】当归12克，黄芪24克，面粉600克，瘦猪肉600克，鸡蛋3只，精盐、料酒、味精、姜末等适量。

【做法】先将当归、黄芪煎成浓汁备用；猪肉洗净，剁成肉酱，放入锅内，打入鸡蛋，倒入当归黄芪浓药汁，并加各种调料，拌匀成馅；面粉加适量水，和成面团，分成剂子，将剂子按扁成中间略厚、边缘较薄的面皮，包入馅心，捏成包子形状；上笼屉，用旺火蒸约5分钟，蒸熟即成。

本药点具有益气补血的功效。适合气血不足、头晕、贫血、面色萎黄等人群食用。

养血健脾糕

【材料】当归15克，红枣30克，花生30克，山药30克，黄豆粉、麦芽粉、面粉各45克，白糖90克。

【做法】将当归洗净烘干，粉碎成粉（筛去纤维部分），花生、山药打粉，加炒黄豆粉、麦芽粉、面粉、白糖和红枣泥，和匀做成小块饼干样，用烤箱烘焙即成。

本药点具有养血、健脾的功效。适合气血不足、脾虚食少、面色萎黄、月经失调等人群食用。

益智仁

益智莫如愚

益智莫如愚，谁甘遂作非。
年增思续断，亲老续当归。
起石安吟久，防风见客稀。
前胡古君子，松节自相依。
——宋·刘敞《谢胡编校惠药医膝病遂以药名赋》

古人有以诗答友的喜好。这是一首药名诗，也就是以药名入诗，药名诗的创作在宋代是鼎盛时期。作者刘敞用药名入诗答谢朋友的惠赠，诗中的益智、甘遂、续断、当归、阳起石、防风、前胡、松节等都是药名。至于“益智莫如愚”这句话亦可以理解成“大智若愚”的意思。

养生解读

益智仁又名益智子、摘芋子，一般采收于夏、秋间果实由绿变红时，晒干或低温干燥即可。据说，古时候有一个落第的秀才，因多年未能考中，思虑过度，劳心伤神，不思饮食，常失眠多梦、夜尿频多，尤其读书时常健忘，非常痛苦。一天深夜，他又失眠了，便坐在院子里，见杂草丛中有几棵貌似山姜的植物，结出红棕色纺锤形果实，便顺手摘下。这果实芬芳可口，他便一连吃了数颗，食欲大增。此后连续数日，他都摘吃此果，发觉睡眠变好，夜尿少了，精神好转，记性大增，便给它取了“益智仁”这个名字。中医学认为，益智仁味辛，性温，具有暖肾固精、缩小便、温脾止泻、摄唾涎等功效。《本草拾遗》载其“治遗精虚漏，小便余沥，益气安神，补不足，利三焦，调诸气”。《本草纲目》云其“治冷气腹痛，及心气不足、梦泄、赤浊，热伤心系，吐血、血崩”。

现代药理研究表明，益智仁中含益智酮甲、益智酮乙、益智新醇，可以保护神经、提高记忆能力、抗氧化、抗癌、镇痛等。

品药鉴点

益智莲子包

【材料】益智仁 30 克，莲子 60 克，面粉 150 克，酵母 3 克，白糖 60 克。

【做法】①益智仁洗净，加水，倒入锅内熬煮，煮出药汁后倒去药渣；②莲子洗净，去心，放入蒸笼，煮熟，碾碎，加入白糖，搅拌均匀作为馅料备用；③面粉、酵母混合，加药汁和适量的水，充分揉捏，等待发酵；④待发酵至原来体积两倍左右，将面条揉成长条状，切成若干个剂子，裹入馅料，捏成包子状，上锅，蒸 20 分钟左右即可。

本药点具有温脾暖肾、缩尿固精的功效。适合脾肾不足引起尿频、泄泻的人群食用。

益智山药饼

【材料】益智仁 15 克，核桃仁 15 克，山药 300 克，面粉 150 克，红糖 30 克。

【做法】①益智仁、核桃仁洗净，放入锅内翻炒，碾碎备用；②山药去皮，洗净，蒸熟碾碎，加入面粉、红糖和适量水，搅拌充分，揉捏，均分成若干个圆饼；③表面铺上益智仁、核桃仁碎末，放入锅内，蒸 15 分钟左右即可。

本药点具有温补脾肾、缩泉止泻的功效。适合脾肾虚寒兼有遗尿、便软、流涎的人群食用。

肉豆蔻

豆蔻连梢煎熟水

病起萧萧两鬓华，卧看残月上窗纱。
豆蔻连梢煎熟水，莫分茶。
枕上诗书闲处好，门前风景雨来佳。
终日向人多酝藉，木犀花。
——宋·李清照
《摊破浣溪沙·病起萧萧两鬓华》

这首诗描写的是作者晚年大病渐愈的生活。诗人晚年体弱，疾病缠身，两鬓已经渐渐染白。此刻，诗人侧卧病榻，看见月光仿佛孩童一般顽皮地攀上窗纱。豆蔻放入沸腾的热水中，密封后可代替茶水饮用，因为豆蔻能温胃而止呕，开胃而消食，正是恢复身体的良药。诗人虽然抱恙，但心态是积极乐观的，关心的是枕上的书和门外的风景。雨滴的点缀在诗人看来，让景致更加怡人，病情在好转，心情也渐渐放松，所以一花一草都是美丽而令人向往的，例如已经开放的木犀花（桂花）。

养生解读

肉豆蔻，去壳，取肉而用之，原产于印度尼西亚等地，故名“迦拘勒”，又称“肉果”。因其温中之性、辛苦之味而入药，用于温中行气、涩肠止泻。《本草新编》述其“入心、脾、大肠经。疗心腹胀疼，止霍乱，理脾胃虚寒，能消宿食，专温补心包之火，故又入膻中与胃经也”，因其能暖胃兼温肾，暖胃则气行，温肾则助阳，寒湿自消，泄泻辄止。古代就有肉豆蔻泡热水饮用的方法，现代除用作药品外，肉豆蔻还广泛地用作食品的调味剂及化妆品的香精香料。肉豆蔻中的主要成分为挥发油、脂肪油和木脂素等。挥发油的功效很多，能作用于小肠，起到止泻效果，还有明显的抗血小板聚集，以及保护心脏的作用。

品药鉴点

豆蔻姜糖饼

【材料】肉豆蔻 30 克，面粉 120 克，生姜 120 克，红糖 90 克。

【做法】①肉豆蔻去壳，研为极细粉。生姜洗净，刮去外皮，捣烂后加入冷开水约 250 克，绞取姜汁；②将面粉、肉豆蔻粉、红糖混合，用姜汁调匀，揉捏后，均分成 30 块左右；③将小饼用平底锅烙熟即可。

本药点具有温中止呕、健脾开胃的功效。适合中焦虚寒导致的胃纳不佳、脘腹冷痛、大便偏软的人群食用。

豆蔻全麦包

【材料】肉豆蔻 15 克，葡萄干 15 个，全麦面粉 300 克，高筋白面粉 240 克，鲜酵母 15 克，盐 9 克。

【做法】①将各种面粉混合，用面粉把酵母搓散，然后依次加入盐和水。肉豆蔻洗净研细，加入葡萄干和肉豆蔻粉，搅拌 2～3 分钟，直到面团成形；②在面板上揉面，主要手法是摔、打、拉、拍，让面团尽可能多地裹入空气，一直揉到面团变得有弹性；③面板上撒一点面粉，拉伸面团，把面团揉成一个球，放在一个盆里，盖上布，静置 1 小时，1 小时之后，再操作 1 次，放回盆里再静置 1 小时；④取出面团，把面团一分为二，分别捏成长条，用刀斜着划 4～5 刀，盖上布继续发酵 1 小时左右，直到面团体积变成两倍大小；⑤与此同时，提前预热烤箱至 250 ℃，将面团放进烤箱后，将温度调至 220 ℃，烤 25～30 分钟即可。

本药点具有化湿行气、开胃消食的功效。适合胃脘时胀、胃口不好、消化不良的人群食用。

薄　荷

烦心侵冰雪

神农取辛苦，病客爱清新。
寂淡花无色，虚凉药有神。
烦心侵冰雪，眩目失埃尘。
自是芝兰臭，非同草木春。
——宋·彭汝砺《薄荷》

这是一首借咏薄荷而抒发自我心性的诗作。诗中写道：薄荷性味辛苦，旅居在外的疲惫之人很喜欢这份清新的气息。虽然薄荷花寂静地开着，其花色淡雅、不妖艳，但薄荷这一味清凉平常之品药效十分灵验。若心中烦热之时用一些薄荷，如同冰雪一般沁人心脾，眼花眩晕时选用一些则如瞬间去除了蒙眼的尘埃，眼睛立刻恢复清明。诗人自认为薄荷有着芝兰的气味，而不与一般草木争春色。整首诗是诗人的自喻，诗人比喻自己就像薄荷，有着独特的气味和用途，却不与百花争春。

养生解读

薄荷虽其貌不扬，但散发出的香味淡淡的，细细慢慢地嗅，会有沁心脾、悦心神之感，难怪古人诗词中亦喜欢赞颂它。薄荷用途很多，既可药用，也可食用，还能做成很多膳品。它的主要食用部位为茎和叶，也可以榨汁服用。薄荷可酿蜜，其蜜蜜色深，具有较强的特殊薄荷气味。薄荷既可作调味剂，亦可作香料，还可配酒、冲茶、做糕点等。此外，薄荷可用于制作牙膏、含漱剂、口香糖等。中医学认为，其性凉，味辛，具有疏散风热、清利头目、利咽、透疹、疏肝行气的功能。《本草纲目》载其："辛能发散，凉能清利……利咽喉口齿诸病，瘰疬，疮疥。"

现代药理研究表明，薄荷有抗辐射、刺激中枢神经、解热镇痛、驱虫、缓解腹痛等作用。

品药鉴点

薄荷绿豆糕

【材料】薄荷15克，绿豆450克，糯米450克，白糖210克，桂花少许。

【做法】①将薄荷叶绞汁，绿豆煮烂后制成绿豆沙；②薄荷汁与绿豆沙加入白糖，搅拌均匀，做成馅，再加入少许桂花；③把糯米焖熟后取出，放入盆内晾凉，用木槌将糯米饭击烂，再将击烂的糯米饭包入豆沙馅，压扁即成。

本药点具有疏散风热、清利咽喉的功效，适合夏季消暑或平素易上火、咽喉肿痛的人群食用。

［薄荷］

薄荷马蹄糕

【材料】薄荷300克，青豆150克，马蹄粉300克。

【做法】①青豆煮熟，放凉；②薄荷和青豆加水适量，用搅拌机打碎，用滤网过筛汁水；③薄荷青豆汁水中加入马蹄粉，搅拌均匀，放入蒸锅蒸20分钟后取出，待凉切块即成。

本药点具有疏散风热、清肺生津的功效。适合风热感冒初起、咽燥口干、稍咳等人群食用。

芦　根

更从外水种芦根

湖莲旧荡藕新翻，
小小荷钱没涨痕。
斟酌梅天风浪紧，
更从外水种芦根。
——宋·范成大《晚春田园杂兴》

这首诗描绘的是一幅暮春的田园风景。春天快要过去，湖水清澈，水面上波光粼粼。为了迎接夏天，农户们把水底的藕都翻了一遍。春天代表着生机，湖面上的小荷叶已经越出了水面，仿佛一枚枚铜钱一般。诗人正感叹田园里大自然造就的美好风光，一想春天就要过去了，黄梅时节就要到来，稚嫩的荷钱不知道能不能经受住雨天风大浪急的洗礼，应该在外围种一片芦根来呵护这小小荷钱。这首诗反映了古代劳动人民懂得借助自然力量的智慧。

养生解读

芦根，生于芦苇荡之中，小河边、田埂中、池塘里，随处可见其身影，芦苇的新鲜或干燥根茎都可食用，有一股淡淡的香甜，带着一丝丝的清凉之感，亦如它生长之地般显得那么质朴。芦根可解热，对实热证有较好的疗效。《证类本草》云：“芦根味甘，性寒。主消渴，客热，止小便利。”芦根主入肺、胃两经，肺热瘀滞、肺阴不足、胃热炽盛者均可食用，很多凉茶的配方都加入了芦根，对于容易上火的人来说非常适合。同时，直接煮取芦根汁，有清热生津、除烦、止呕、利尿的功效。

现代药理研究发现，芦根的化学成分较为复杂，其中多糖类成分占比较大，芦根多糖能通过抗氧化、保护肝细胞、抑制胶原沉积等途径来抵抗肝的纤维化进程。芦根的抗炎作用也被运用到临床治疗中，特别对呼吸系统疾病有较好的疗效。

品药鉴点

芦根马蹄糕

【材料】芦根60克，马蹄粉150克，荸荠3个，红糖150克。

【做法】①荸荠洗净，削皮，切成丁备用。芦根洗净，放入锅内，加水熬汁，浓缩成约500毫升；②用500毫升的水化开马蹄粉，将颗粒搅拌透彻，制成生浆；③将芦根汁、红糖、荸荠丁放入锅内熬煮15分钟左右，倒出，加入约50毫升的生浆，搅拌均匀，制成熟浆；④将生浆和熟浆混合，搅拌均匀，倒入锅内，煮20分钟，倒出冷却后切块即可。

本药点具有生津止渴、清热泻火的功效。适合津液不足、内热上火、口干、心烦的人群食用。

芦根山药包

【材料】芦根60克，山药300克，面粉300克，酵母6克，红糖60克。

【做法】①面粉和酵母混合，加入水，搅拌，揉捏，罩上保鲜膜，充分发酵；②山药洗净，削皮，煮熟。芦根煮汁，浓缩成约100毫升。将煮熟的山药取出碾碎，加入芦根汁和红糖，搅拌均匀，制成馅料备用；③待面团发酵至原来体积两倍后，取出捏成长条，平分切成面团剂子，再分别擀开，包入馅料，捏成包子形状，摆入蒸笼，大火蒸15分钟左右即可。

本药点具有生津养阴的功效。适合胃火阴亏、口干、便结的人群食用。

决明子

阶下决明颜色鲜

雨中百草秋烂死，阶下决明颜色鲜。
著叶满枝翠羽盖，开花无数黄金钱。
凉风萧萧吹汝急，恐汝后时难独立。
堂上书生空白头，临风三嗅馨香泣。
——唐·杜甫《秋雨叹》

这首诗表达了杜甫既感伤秋雨之灾害天气，又慨叹国家奸佞用事之情。首联写雨中百草都已枯烂死去，台阶下的决明颜色鲜艳，生机勃勃。颔联说绿叶满枝如羽翼般丰厚，风雨中开出无数的黄色小花，十分坚强不屈。颈联写出作者的担忧之情：凉风吹得如此猛急，恐怕决明难以在风雨中长久地挺立。尾联抒发了作者无限的感慨之情：我一介堂上书生虽是空白头，当年的理想、少年的志意都落空，但我是爱护关心你的，我不愿看到你这棵好的决明像百草一样腐烂，我希望你能“独立”，所以当一阵风吹来，我迎风闻到你的香气，潸然泪下，不知道你的馨香能保持多久，又无法给你帮助，甚是悲慨至深。

解读养生

决明子，别名甚多，如草决明、羊明、马蹄决明、假绿豆、马蹄子、夜拉子等，是一味保健药品。相传，有一名老秀才不到六十岁的时候患了眼病，走路还得拄手杖，人称“瞎秀才”。偶得决明子泡茶后，他的眼疾痊愈，到了八十多岁眼睛仍十分清明，故赋诗“愚翁八十目不瞑，日数蝇头夜点星，并非生得好眼力，只缘常年饮决明”。中医学认为，决明子味甘、苦、咸，性寒，具有清热明目、润肠通便的功效，《药性论》载其“利五脏，除肝家热”。

现代药理研究表明，决明子含蒽醌类、脂肪酸类、多糖类、矿物质、氨基酸等多种成分，药理作用主要包括抗急性肝损伤、降血压、降血脂、降血糖、调节免疫功能、泻下、抗菌、抗氧化等。

品药鉴点

决明子包子

【材料】决明子 30 克，面粉 300 克，酵母 3 克，虾皮 30 克，萝卜 120 克，盐适量。

【做法】决明子洗净，晾干后打粉备用；面粉和酵母混合，加温水搅拌揉捏，封上保鲜膜发酵，待面团发至原来两倍大小；揉捏面团，捏成长条状，平均切成 15 个左右；将萝卜洗净，切丝，加入虾皮，入锅后加适量盐翻炒，制为馅料备用；将馅料裹入面团中，捏成包子状，摆入蒸笼，大火蒸 15 分钟，焖片刻即可。

本药点具有清肝明目、润肠通便的功效。适合肝火偏旺兼有便秘的人群食用。

【平肝明目饭】

平肝明目饭

【材料】决明子 30 克，菊花 6 克，枸杞子 15 克，大米 150 克，红糖 9 克。

【做法】①决明子、菊花、枸杞子洗净后，加水，倒入锅内，大火煎煮，熬取药汁；②取药汁，加入红糖，淘洗大米，洗净后加入药汁中，放入蒸锅之中，蒸 25 分钟左右即可。

本药点具有平肝潜阳明目的功效。适合肝阳偏亢兼有视物模糊的人群食用。

覆盆子

贮之霜筠笼

灵根茂永夏，幽磴罗深丛。
晶华发鲜泽，叶实分青红。
搜寻犯晨露，采摘勤村童。
藉以烟笋箨，贮之霜筠笼。

——宋·王安中《覆盆子》

这首诗描写的是覆盆子的生长样貌。覆盆子生长在野外，根系繁茂，盘踞在幽静的树林丛间。清晨之时，露水还在枝叶之间，红色的果实点缀绿叶，绿叶团团衬托着红果，阳光穿过了树林的间隙，露珠显得更加光亮。果实收获的时节到了，村里的孩童们在林间开心地摘着覆盆子。一篮一篮的覆盆子，是自然的馈赠，孩童们嬉笑奔走，相互打闹，乡村小路上，飘着一股淡淡的覆盆子的清香。诗人通过描写覆盆子，表达自己对美好田园生活的向往。

养生解读

覆盆子，古又称蓬蘽，因其果实由数个小果聚合而成，呈圆锥球形，形又似小盆状而得其名。传说，古时一老农经常上山，见此果实，便采之服用解渴，老人发现自此之后起夜次数减少，精力也比以前充沛。果实的神奇就这样一传十，十传百。中医则接受了这份大自然的馈赠，将其运用到治疗中，用来补益肝肾、固精缩尿，兼明目。《本草通玄》云其："强肾而无燥热之偏，固精而无凝涩之害，金玉之品也。"

现代医学研究发现，覆盆子在生理方面的作用与中医提到的"补肾益精"作用相吻合，覆盆子的提取物能调控下丘脑-腺垂体-性腺轴，进而提高性激素水平。覆盆子中的成分能抑制破骨细胞活性以及骨吸收，还能刺激成骨细胞的活性，达到抗骨质疏松的目的。

品药鉴点

覆盆子果酱蛋糕

【材料】覆盆子(果酱)60 克，枸杞子 15 枚，低筋面粉 120 克，黄油 60 克，细砂糖 60 克，鸡蛋 3 个，鲜奶 30 毫升。

【做法】①黄油软化，加入细砂糖搅拌均匀，倒入面粉，面粉中间留出一个洞，加入鲜奶、蛋液；②充分搅拌，摆好蛋糕纸杯，纸杯中舀入一半面糊，中间压一个凹形，放入一小匙覆盆子果酱和一粒枸杞子，再舀入一半面糊，尽量将果酱和枸杞子包裹严实；③烤箱预热 180℃10 分钟，将烤盘放入，烘烤 25 分钟即可。

本药点具有益肾固精、养肝明目的功效。适合目暗不明、眼睛干涩的人群食用。

［覆盆子果酱蛋糕］

［覆盆子］

覆盆子固肾蛋糕

【材料】鲜覆盆子 30 克，黑巧克力 90 克，低筋面粉 30 克，黄油 45 克，砂糖 9 克，鸡蛋 1 个，香草油 6 克，盐 3 克，酸奶 1 勺。

【做法】①准备一个 6 寸模具，表面抹油，撒上薄薄的面粉；②混合鸡蛋、香草油、盐、糖，备用。将黄油和巧克力混合，微波炉中火加热 1 分钟左右；③将黄油巧克力溶液加入第 2 步的蛋液中，搅拌均匀，然后筛入低筋面粉，用刮刀搅拌至看不见面粉。加入酸奶，搅拌；④覆盆子洗净，捣碎，先将 1/4 的面粉糊倒入模具，再把捣碎的覆盆子舀在中间，然后加入剩下的面糊，尽量将覆盆子包裹严实；⑤放入烤箱，180℃烤 15 分钟左右。

本药点具有温肾固精缩尿的功效。适合下焦虚寒伴夜尿频多的人群食用。

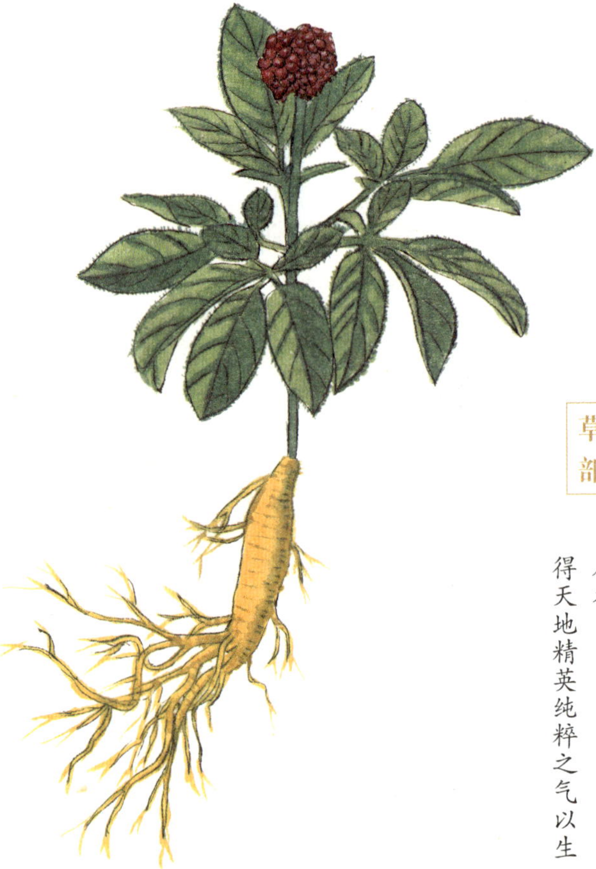

草部

人参

得天地精英纯粹之气以生

花部

菊 花

宁可枝头抱香死

花开不并百花丛，
独立疏篱趣未穷。
宁可枝头抱香死，
何曾吹落北风中。
——宋·郑思肖《寒菊》

诗的头两句“花开不并百花丛，独立疏篱趣未穷”，是人们对菊花的共识。菊花在秋天开放，不与百花同时开，它不随俗不媚时，犹如高士一般。“宁可枝头抱香死，何曾吹落北风中”，这两句进一步写菊花宁愿怀抱清香枯死枝头，也绝不被北风吹落的高洁之志。作者实际上乃托物言志，通过描绘傲骨凌霜、孤傲绝俗的菊花，表达自己坚守高尚节操、宁死不肯向外敌投降的决心。

养生解读

菊花品种繁多，由于花的颜色不同而有黄菊花和白菊花之分。按产地和加工方法不同，菊花分为“亳菊”“滁菊”“贡菊”“杭菊”。菊花入药能治病，久服能令人长寿，故宋代诗人苏辙有诗曰“南阳白菊有奇功，潭上居人多老翁”。菊花不仅可以泡茶、入酒，还可以制作成各种精美的佳肴。中医学认为，菊花味甘、苦，性微寒，具有疏散风热、清肝明目、清热解毒的功效。《本草纲目拾遗》记载“黄茶菊，明目祛风，搜肝气，治头晕目眩，益血润容，入血分；白茶菊，通肺气，止咳逆，清三焦郁火，疗肌热，入气分”。

现代药理研究表明，菊花总黄酮可以治疗由于缺血再灌注引起的心肌损伤，故对心血管系统有作用。菊花中还含多糖成分及绿原酸等多种有机酸，对免疫功能也有一定的调节作用。此外，菊花提取物不仅具有较强的抑菌作用，还有抗疲劳、调血脂、抑制脂肪肝、镇痛等药理作用。

菊花枸杞糕

【材料】菊花 6 克，枸杞子 15 克，鱼胶粉 45 克。

【做法】将菊花和枸杞子清洗干净，放入锅中，加清水约 720 毫升，煮开后加入适量冰糖，待糖溶化即可滤掉菊花。大碗中放入鱼胶粉，倒入煮好的菊花枸杞水，不停搅拌至鱼胶粉完全融化，再倒入准备好的容器里，待凉后放入冰箱冷藏，待完全凝固即可取出，糕即成。

本药点具有清热解毒、益精明目的功效。适合咽喉干痛、头晕、眼睛疲劳、视力模糊等人群食用。

［菊花绿豆糕］

菊花绿豆糕

【材料】菊花 9 克，绿豆粉 45 克，白面粉 240 克，酵母粉适量。

【做法】将菊花洗净，放入开水冲泡 5 分钟后，捞去菊花，将面粉放入盆内，加入绿豆粉，并将放温的菊花水倒入和面，加酵母粉水发透，揉成面团，发酵，发起后加适量碱水，试酸碱度合适后，分成小块，做成生糕块。将生糕放入蒸笼内，盖上笼盖，放入沸水锅中，蒸 15 分钟即成。

本药点具有清热解毒、消暑利水的功效。适合暑热烦渴、小便不畅、内热偏盛的人群食用。

金银花

忍冬清馥蔷薇酽

春晚山花各静芳，
从教红紫送韶光。
忍冬清馥蔷薇酽，
薰满千村万落香。
——宋·范成大《余杭》

本诗描写暮春时节，烂漫的山花先后凋零，依次送别春天。正在这个时候，忍冬和蔷薇开放了，忍冬花清香悠悠，蔷薇花浓香扑鼻，弥漫在山野中的千村万落。这首田园诗表达的意境十分优美，作者以忍冬和蔷薇自喻，表现出极其平和闲适的心态。诗中忍冬花就是金银花，可入药。

养生解读

金银花，因其一蒂双花，形影不离，似鸳鸯对舞，故有“鸳鸯花”之称。又因它“凌冬不凋”，藤叶经冬不枯萎，直至寒冬而不凋谢，故获“忍冬”之雅称。金银花为忍冬科植物，花开时，先是洁白如玉，其后化为金黄，黄白映衬，如金似银，故得名。中医学认为，金银花味甘，性寒，具有清热解毒、疏散风热的功效。《神农本草经》把它列为上品，曰其“久服轻身，延年益寿”。清代乾隆皇帝御用的宫廷秘方延寿丹里就有金银花的身影。

现代药理研究表明，金银花含有绿原酸、咖啡酸、棕榈酸、4-羟基桂皮酸、黄酮类化合物、三萜皂苷类、挥发油、铁、锰、铜、锌等多种成分，其中许多为人体必需的微量元素和化学成分，以及对人体有利的活性酶物质，具有抑菌、解热、利胆保肝、降血脂、降血糖、抗血小板凝集、提高免疫力、抗肿瘤等作用。

金银花鸡蛋饼

【材料】金银花 9 克，面粉 480 克，鸡蛋 3 个，食盐适量。

【做法】将新鲜的金银花及时晾干，洗净，沥干水分备用。面粉中加入 3 个鸡蛋，将金银花切碎，放入面粉中，加入少许盐，加入清水，将面粉调匀。锅里放入适量油，加热后，放适量的面糊入油锅，煎至两面金黄即可。

本药点具有清热泻火、疏散风热的功效。适合风热初起、咽喉肿痛的人群食用。

[金银花鸡蛋饼/董亚丹·常州]

金银花马蹄糕

【材料】金银花 9 克，马蹄粉 150 克，马蹄肉 45 克，白糖 45 克，水 900 毫升。

【做法】先将白糖、金银花放入砂锅内，加一半水（约 450 毫升），煲至水开后 5 分钟，过滤掉金银花后将水倒入碗内；在另一半水中加入马蹄粉，拌成粉浆（至无粉粒），切碎马蹄肉；金银花糖水煲滚后，一边倒入粉浆，一边搅拌，直至熟透，加入马蹄碎；将煮熟的马蹄糊倒入模具或碗中，等待冷却后切成小块即成。

本药点具有清热解毒、生津润肺、消食除胀的功效。适合齿龈肿痛、阴虚肺燥、食积脘胀、大便不畅等人群食用。

白扁豆花

开遍低棚扁豆花

开遍低棚扁豆花，随人去住总天涯。
秋风已老犹题扇，布被新凉顿忆家。
病后壶觞成故友，梦中草木长春芽。
临窗破闷披书帙，不为生徒坐绛纱。
——清代·桂馥《遣怀》

这首诗为诗人回忆昔日往事所作，有种感慨之情蕴藏其中。首联是写低矮的棚架上面开满了扁豆花，暂住时总有一番沦落天涯之感。颔联是说秋风虽起，但有着题字的扇子仍在，盖着凉凉的布被，顿时思念起自己的家乡。颈联写道，一场大病后，酒杯就成了过往的老友，梦境中草木发了新芽。尾联是写为排解日常烦闷无聊，便依窗而坐翻阅书籍，而不是为参加科举考试以求取仕途而读书。全诗表达出作者淡泊明志的心态。

养生解读

扁豆花为豆科植物扁豆的花，呈扁平不规则三角形，质软，体轻，气微香，以朵大、色黄白、气香者为佳。扁豆花有白花、紫花和红花三种不同颜色。每逢秋风吹过，摇曳于风中的扁豆花，便姹紫嫣红连成一片，故有联赞曰“一听春雨瓢儿菜，满架秋风扁豆花”。中医学认为，白扁豆花性平，味甘，具有健脾和胃、消暑化湿的功效。《本草纲目》载其“焙研服，治崩带；作馄饨食，治泄痢；擂水饮，解中一切药毒。功同扁豆”。《本草便读》亦言：“扁豆花赤者入血分而宣瘀，白者入气分而行气，凡花皆散，故可清暑散邪，以治夏月泄痢等证也。”

现代药理研究表明，扁豆花中主要含有多种黄酮类化合物，如芦丁、花青素、木犀草素等，其中芦丁是其主要成分之一，对心脑血管有多种保护作用。白扁豆花水提取液在体外实验中有抑制痢疾杆菌生长的作用。

品药鉴点

白扁豆花馄饨

【材料】白扁豆花 90 克，瘦猪肉 120 克，白面粉 150 克，胡椒 6 粒，葱 1 根。

【做法】采摘新鲜白扁豆花，将其择干净后放在清水里冲洗，焯水。焯扁豆花的水装入盆中冷却后，倒入白面粉中和面。将猪肉剁碎成肉泥，葱切碎，胡椒用油炸过后碾成细末，加入适量酱油、盐、鸡精等拌成馅。将和好的面擀成面皮后切成小三角形，包小馄饨。馄饨入锅煮熟即可食用。

本药点具有健脾祛湿、调理气血的功效。适合脾虚有湿，如慢性腹泻、消化不良的人群食用。

白扁豆花蒸糕

【材料】白扁豆花 15 克，去心莲子肉 75 克，糯米 60 克，豆沙馅 30 克，冰糖末、白糖、桂花酱、植物油各适量。

【做法】摘取新鲜扁豆花洗净，焯水。在煮熟的糯米饭中放油、扁豆花、桂花酱、白糖，拌匀。将去心莲子放入开水焯后，置于大碗中，加适量白糖和开水，上屉蒸至六成熟时取出，再放进蒸锅蒸透。碗内抹植物油，将莲子码入碗内，将冰糖末撒在莲子上，另取拌好的扁豆花糯米饭放在莲子上，摊平，中间稍凹，放入豆沙馅，反扣在盘内即成。

本药点具有健脾补肾、养心安神的功效。适合体虚易腹泻或睡眠欠安的人群食用。

槐　花

强随举子踏槐花

粗缯大布裹生涯，腹有诗书气自华。
厌伴老儒烹瓠叶，强随举子踏槐花。
囊空不办寻春马，眼乱行看择婿车。
得意犹堪夸世俗，诏黄新湿字如鸦。
——宋·苏轼《和董传留别》

全诗表达了苏轼欣赏董传的人生态度，表示赞美和安慰。上诗第一、二句指身上包裹着粗衣劣布，但饱读诗书、满腹经纶者精神风貌自然光彩夺人。第三、四句写道，不喜欢陪伴着老儒一起过"烹瓠叶"的苦日子，决定随从举子们踏着槐花参加科举考试（古有"槐花黄，举子忙"一说）。第五、六句意为口袋里没有钱，无法置办"看花"的马，但会看取令人眼花缭乱的"择婿车"。第七、八句写道，考试得中仍然可以向世俗的人们夸耀，诏书上如鸦的黑字新写着我的名字。

养生解读

槐花不仅有较好的观赏价值，花期来临时一串串洁白的槐花缀满枝头，散发出淡淡、素雅的清香，沁人心脾，它还有十分重要的食用药用价值，老百姓赞颂它为"救命树"。因其在过去物资匮乏的年代里，青黄不接时，槐花、槐叶是救命的口粮，尤其在歉收的年景，帮助先辈们度过了饥荒。槐花食用方法较多，可做糕、粥、汤、拌菜、焖饭等。槐花味苦，性平，具有凉血止血、清热泻火的功效。槐花未开放时习称"槐米"，《本草纲目》中载其"花未开时，炒过煎水，染黄甚鲜"。

现代药理研究表明，槐花中含有丰富的脂肪酸、皂苷类、蛋白质及多种维生素和矿物质，具有抗肿瘤、抗菌及抗氧化作用，能预防结膜炎等多种炎症的发生，对多种细菌有抑制作用，还有助于降血压、防止动脉硬化等。

品药鉴点

槐花米糕

【材料】槐花、生淀粉各 45 克，糯米粉 105 克，植物油 30 克。

【做法】先将槐花去梗，然后在盐水中浸泡 15 分钟。浸泡好的槐花放到 80℃水温的水中氽烫。把糯米粉、生淀粉、糖和水按比例混合，倒入植物油，搅拌均匀，使水油完全融合后放入槐花，倒入容器，容器内事先抹好油，大火蒸 20 分钟出炉。冷却后切割，亦可用模具压出造型，即可直接食用。

本药点具有清热凉血、清肝止血的功效。适合由于血热、上火引起的痔疮便血、尿赤、月经过多等人群食用。

槐花饺子

【材料】槐花 300 克，猪肉 300 克，面粉 600 克，葱、姜、盐等各种佐料适量。

【做法】将槐花洗净，稍氽烫，捞出沥水；猪肉剁馅，葱姜剁碎；将槐花和肉馅混合，加入生抽、花生油、盐、料酒、香油各适量，拌匀；取饺子皮，包入馅料，捏紧收口。锅中烧开水，下入饺子，用炒勺顺锅边搅动饺子，以防粘锅，盖上锅盖，大火煮至沸，添 1 小碗冷水，继续盖盖煮，共添 3 次冷水，见水饺表皮鼓起、有弹性，即可关火出锅。

本药点具有清肝健脾的功效。适合肝火目赤、脾虚体倦等人群食用。

玫瑰花

诗人熏入水沉中

非关月季姓名同，不与蔷薇谱牒通。
接叶连枝千万绿，一花两色浅深红。
风流各自燕支格，雨露何私造化功。
别有国香收不得，诗人熏入水沉中。

——宋·杨万里《红玫瑰》

这首诗抒发了诗人对红玫瑰独有的沉醉之情，诗人看到红玫瑰，感叹红玫瑰特立独行，与同样是蔷薇科的月季、蔷薇不同，远看其绿叶连枝成一片，花色也有深有浅，一幅山林之间的红色花海图跃然纸上。诗人渐渐走进花海之中，绿叶衬着红花，红花点缀绿叶，好一片天然而成的红玫瑰海。诗人沉醉在花海美景的同时，也感叹雨露大自然造化的神奇之力。诗人欣赏美景的同时，才发现是香气在引人而来。溢出画面的花香，一丝一缕地刺激着嗅觉，让诗人只想坠入这浓厚的“国香”之中。

养生解读

玫瑰花作为“花中贵族”，不仅可以观赏，也被智慧的老百姓们用于制作药膳。人们闻着花香会觉得心旷神怡，渐渐也摸索出了玫瑰花的食用和药用价值。玫瑰花在种植中被逐渐分类，有的较为鲜艳的品种主要用于欣赏，有的品种则可以加工成生活用品。玫瑰花内服、外用皆可，随着现代提炼技术的发展，出现了很多玫瑰花的加工产品，玫瑰提炼的精油一时有“液体黄金”的美称。玫瑰始载于明代《食物本草》，称其“主利肺脾，益肝胆，辟邪恶之气，食之芳香甘美，令人神爽”。中医学认为，玫瑰花能理气解郁、和血散瘀。

现代药理研究发现，玫瑰花有很好的调节内分泌的作用，所含的多酚、多糖类、氨基酸类等成分，主要有抗氧化、润肤、提高免疫力等作用。生活中，泡一杯玫瑰花茶或在烹饪中用玫瑰作为食物辅料都是很好的选择。

品药鉴点

玫瑰鲜花饼

【材料】新鲜玫瑰花 90 克，中筋面粉 150 克，纯净水 60 克，盐、糖适量，猪油 60 克（制作油皮），低筋面粉 120 克，猪油 60 克（制作油酥），粘米粉 90 克（制作内馅）。

【做法】①新鲜的食用玫瑰洗净、晾干，玫瑰花和糖 1∶3 的比例混合，用擀面杖将混合的花瓣和糖充分捣碎到看不到新鲜花瓣为止，放入干净的密封玻璃罐中腌制，时间尽量超过 1 周。粘米粉放进锅里，炒出香味，将玫瑰花酱和粘米粉搅拌均匀成团，作为馅料备用；②分别揉制油皮和油酥，都分别均分成 16 份，揉成圆团，盖上保鲜膜静置半小时。每份油皮包入一份油酥，捏紧收口，再盖上保鲜膜静置 15 分钟；③面团依次擀开成牛舌状，卷起来，盖上保鲜膜静置 15 分钟后，重复上一步骤，将面团擀开再次卷起，盖上保鲜膜静置 15 分钟；④取一块静置好的面团，两头向顶部捏进去成大致圆形，擀开，包入一份玫瑰馅，捏紧收口，收口向下排入烤盘，略微压扁；⑤放入预热好 175℃ 的烤箱，烤制 30 分钟即可。

本药点具有理气解郁、柔肝缓急的功效。适合焦虑、心情不畅、胁肋部隐痛等人群食用。

玫瑰花糖膏

【材料】玫瑰花 120 克，红糖 500 克。

【做法】①取新鲜玫瑰花花瓣，洗净；②花瓣放入锅中，加清水 500 克左右，煎煮 20 分钟后滤去花渣，熬成浓汁；③加入 500 克红糖，熬成膏状。

本药点具有补血养气、滋养容颜的功效。适合月经不调、更年期综合征等女性食用。

花部

菊花

取其味甘气清，有补阴养目之功

谷部

黑芝麻

胡麻饼样学京都

胡麻饼样学京都，
面脆油香新出炉。
寄与饥馋杨大使，
尝看得似辅兴无。
——唐·白居易《寄胡饼与杨万州》

这是唐代大诗人白居易在《寄胡麻饼与杨万州》一诗中对胡麻饼的赞誉。京都的胡麻饼很美味，新出炉的胡麻饼面脆油香，诗人将新出炉的胡麻饼寄给远方的朋友品尝。吃到好吃的东西，当然开心，将它赠予友人，会再获一份开心。唐代长安的胡麻饼是很有名的，尤以辅兴坊制作的最佳。

养生解读

黑芝麻始载于《神农本草经》，原名胡麻，列为上品。古代养生学家陶弘景对它的评价是“八谷之中，唯此为良”。《本草纲目》上也有记载，称“服黑芝麻百日，能除一切痼疾；一年身面光泽不饥，二年发白返黑，三年齿落更生”。据文献记载，慈禧年轻时患有月经病，心脾气血不足，肝郁不畅，经行腰腿酸沉，饭后神倦乏力。御医李德昌用以黑芝麻为主的膏药给慈禧贴敷，慈禧用后疗效明显，赐名“益寿膏”。中医学认为，黑芝麻味甘，性平，具有补肝肾、滋五脏、益精血、润肠燥的功效。黑芝麻可以制成多种食品，也可作为添加剂加入其他食品中，使其保持良好的风味口感，还能加入谷物烘焙制品，提升谷物的营养价值。

现代药理研究表明，黑芝麻中含有大量蛋白质，油脂含量很高，含有多种维生素，如维生素 E、维生素 D 等，还含有 18 种矿物质。黑芝麻中的不饱和脂肪酸能有效降低血脂、预防动脉粥样硬化，对心血管有一定的保护作用。

品药鉴点

芝麻茯苓汤圆

【材料】黑芝麻 180 克，汤圆粉（水磨糯米粉）180 克，茯苓粉 30 克，白糖适量。

【做法】①黑芝麻炒熟，打粉，加入白糖，制成馅料；②茯苓粉和汤圆粉混合，加水搅拌，揉捏成团，再均分成 30 个左右小面团；③依次将面团按一个小窝，裹入黑芝麻馅料，包裹好，揉成圆球后放入冰箱稍微冷冻成形；④待水开后，将汤圆倒入锅内，煮熟即可。

本药点具有补益脾肾、温润肠道的功效。适合脾胃虚弱兼有便秘、便干的人群食用。

［芝麻茯苓汤圆／陈姥姥·河北］

黑芝麻益肾糕

【材料】黑芝麻 60 克，桑椹 60 克，枸杞子 15 克，糯米粉 600 克，白糖 30 克。

【做法】①黑芝麻放入热锅，炒香后备用。桑椹、枸杞子洗净后放入锅内，加适量水，大火煮沸后小火慢熬半小时，滤出药汁备用；②糯米粉、白糖混合，倒入药汁，再加适量水，搅拌均匀，揉捏成面团，放入蒸糕模具中，表面撒上黑芝麻，放入蒸锅内，蒸 20 分钟左右，起锅即可。

本药点具有滋补肝肾、明目乌发的功效。适合肝肾不足兼有视物不清、头发早白的人群食用。

薏苡仁

玉粒照座光

伏波饭薏苡，御瘴传神良。
能除五溪毒，不救谗言伤。
谗言风雨过，瘴疠久亦亡。
两俱不足治，但爱草木长。
草木各有宜，珍产骈南荒。
绛囊悬荔枝，雪粉剖桄榔。
不谓蓬荻姿，中有药与粮。
舂为芡珠圆，炊作菰米香。
子美拾橡栗，黄精诳空肠。
今吾独何者，玉粒照座光。

——宋·苏轼《薏苡》

这首苏轼的诗表达了他乐观旷达的出世情怀：伏波将军马援服食薏苡，抵御瘴气效如神。薏苡仁能够去除五毒溪的瘴气，却无法挽救马援被谗言构陷。那些谗言就像一阵风雨一吹而过，瘴毒时间长了也会消亡。这两者何足挂齿，我只爱这山川的草木茂盛生长。这里的草木各有特色，珍贵的特产接连出产在这荒远的南方。荔枝像深红色的囊袋，一串串地悬挂在枝头，桄榔粉雪白滑嫩。不要看薏苡长在蓬蒿和芦荻间，姿态一般，却可以治愈疾病并充饥。舂出的薏苡仁像芡实一样圆润，做成饭有菰米的清香。杜子美当年捡拾橡栗充饥，黄精只能哄一下肚肠。我是何人，有这么好的福气，今天得到洁白如玉的薏苡仁，令满座生辉。

养生解读

薏苡仁又名薏米、米仁、六谷子，由于其营养价值、保健价值较高，故有“世界禾本科植物之王”的美称。因其粒大饱满、洁白如玉，才导致马援被构陷搜刮“明珠文犀”。薏苡仁始载于《神农本草经》，称其“除痹、排脓、解毒散结”。中医学认为，薏苡仁味甘、淡，性凉，具有利水渗湿、健脾除痹、清热排脓的功效。

现代药理研究表明，薏苡仁含蛋白质、脂肪、碳水化合物、维生素 B_1、薏苡仁油、三萜化合物和各类氨基酸等，具有抗肿瘤、降血糖、提高机体免疫力、抗骨质疏松、抗氧化等作用。

品药鉴点

薏米手擀面

【材料】薏苡仁 30 克，面粉 300 克，食盐少许。

【做法】将薏苡仁碾成细末，过筛，与白面粉混合均匀；将薏苡仁面粉加入适量水，揉成面团；用擀面杖擀成薄片，用刀切成细丝，用手提起抖散，即成面条；将水放入锅中，置武火煮沸，立即下入薏苡仁面条，煮沸三五分钟，面条煮熟即可。

本药点具有健脾利湿、除痹缓急的功效。适合脾虚腹泻、肌肉酸痛、关节疼痛、带下量多等人群服食。

健脾米粉糕

【材料】薏苡仁 150 克，山药 120 克，白扁豆 90 克，茯苓 60 克，白术 30 克，人参 6 克，糯米粉 600 克，粳米粉 600 克，白糖 600 克。

【做法】将人参、白术煎成浓汁备用；把薏苡仁、山药、白扁豆、茯苓洗净后烘干，磨成细粉；将 2 种米粉和中药细粉一起放入锅内，拌匀；取另一容器加入白糖、中药浓汁和适量清水，调匀，待糖溶化后倒入米粉中，用手拌匀，擦松，不能有粗粉团；将米粉放入笼格内摊平，用旺火蒸 40 分钟，取出，凉后抹上麻油，切成小块即可。

本药点具有健脾益气的功效。适合脾胃虚弱、气虚乏力、食少、脾虚泄泻、面黄肌瘦等人群食用。

赤小豆

拔下黄秧种赤豆

秋分斫早谷，寒露斫晚稻。
寒露无青禾，霜降一齐倒。
小暑一声雷，四十五日倒黄梅。
小暑一条吼，拔下黄秧种赤豆。

——清·王润生《物候》

这是一首描写农事气象类的诗，阐述应当依照节气去安排田间农活，对农业生产有一定的指引意义。秋分时节开始收割早稻，寒露时节则应该收割晚稻。寒露时节如果没有收割当季晚稻，到了霜降的时候，稻谷会一起倒扑于地，影响收成。小暑时节的雷雨常是“倒黄梅”的天气信息，预兆雨带还会在长江中下游维持一段时间。小暑时节，雷声响起，可以拔下萎黄的秧苗，换种赤小豆。因赤小豆耐高温、能抗涝，所以在雨多盛暑时节种植更合适。赤小豆利水解毒的功效应该与其生长习性有关。

养生解读

赤小豆，别名赤豆、红小豆、饭豆等，可整粒食用，用于煮饭、煮粥、做赤豆汤或冰棍之类，还能与排骨等一起炖汤做成菜肴。由于赤小豆淀粉含量较高，蒸后呈粉沙性，也常做成豆沙，以供各种糕团面点的馅料。赤小豆外用疗痈肿疮毒还有一个小故事：北宋皇帝赵祯春日患疾“痄腮”(腮腺炎)，两腮部发酸、隐痛、肿胀，御医诊治后病情仍恶化，遂张贴皇榜寻医，有位傅郎中看到后心想，有何难哉？于是返回住处，取出赤小豆若干，研成细末，以水调成糊状，且取美名“万应鲜凝膏”。然后他揭榜诊治，给皇帝敷上，一连三天，居然治好了痄腮。此后，这郎中便声名鹊起。中医学认为，赤小豆味甘、酸，性微寒，具有利水消肿、解毒排脓的功效。

现代药理研究表明，赤小豆的主要成分有蛋白质、脂肪、碳水化合物、维生素等，对心脏、肾脏有一定保护作用；其还有“久食瘦人”之说，有一定的减肥作用。

品药鉴点

赤豆桂花糍

【材料】赤小豆150克，糯米粉120克，玉米淀粉30克，牛奶150毫升，植物油15克，红糖15克，桂花适量。

【做法】①赤小豆洗净，放入高压锅，加水适量焖煮3小时左右，捞出后碾成豆泥；②将赤豆泥放到锅里，加入一点水和红糖，慢慢翻炒，待赤豆泥渐渐变干，倒出备用；③将糯米粉、玉米淀粉、植物油和牛奶混合，搅拌均匀至无颗粒状，放到锅里蒸20分钟；④待面团冷却后，将其均分成若干个，在面团内裹入赤小豆泥，搓成圆形，在桂花盘里翻滚一下即可。

本药点具有利水解毒的功效。适合水湿留滞、腹有胀满感、关节痛的人群食用。

［赤豆桂花糍/马丽·江苏］

赤豆黑米糕

【材料】赤小豆粉60克，黑米粉90克，白糖90克，糯米粉30克，牛奶30毫升，植物油30克，鸡蛋3只，白醋少许。

【做法】①分离蛋清和蛋黄，蛋清加白醋，用电动打蛋器搅拌，再加白糖20克，泡沫打至细腻后，再加白糖20克搅拌，合计加入60克白糖；②蛋黄加白糖、牛奶、水、植物油，搅拌后加入糯米粉、黑米粉、赤小豆粉，搅拌均匀至无颗粒状态；③分3次将蛋清液加入黑米糊中，每次加完充分搅拌，搅拌好倒入蛋糕模具中，蛋糕模具内部事先涂抹植物油，大火蒸45分钟，取出即可。

本药点具有补脾利水的功效。适合脾虚湿阻、神疲肢困的人群食用。

谷部

薏苡仁

利水不损阴，疗湿痹有神

果部

杏　仁

清甘脆美异常品

炎天欲避无林皋，斗室坐困嗟煎熬。
溽暑内侵肺受病，终宵咳唾惊儿曹。
故人千里来书问，情愫恳至字牛毛。
更惠杏仁名巴旦，楮封箬里逾坚牢。
清甘脆美异常品，得自异国同葡萄。
书中示我服食法，二竖闻之皆遁逃。

——清·刘敬《谢何梅叟寄惠叭哒杏仁》

这首诗表达了作者对故友寄杏仁除疾病的感激之情。诗中描述了诗人在炎热的夏季想要避暑却无林荫之地，困坐于小小的房室之中是一种煎熬。暑热邪气侵袭人体后肺受邪发病，通宵达旦的咳嗽咯痰惊扰了儿辈们。老朋友千里之外写信问候，字里行间全是恳切真情的关心问候。他还在竹筒里放了杏仁寄来，封口封得很坚固。杏仁的口感清甜脆爽，不同于寻常之品，像葡萄一样都来自他乡。朋友信中明白告知我如何服食的方法，病魔一听便吓得无踪影了。

养生解读

杏仁又名杏核仁、木落子等。杏仁性平，味甘，功偏于滋润，且较为缓和，除应用于肺虚久咳或津伤便秘外，尚可明目聪耳。有传说，明代翰林李七逊夜宿道院，梦仙姑授方："汝旦旦食杏仁七枚，可致耳聪目明。"李氏如方服之，至老脑力敏捷。《本草纲目》曰："杏仁能散能降，故解肌、散风、降气、润燥、消积。"

现代药理研究表明，杏仁含丰富的蛋白质、脂肪油，其主要脂肪酸为油酸、亚油酸，富含多种维生素及锰、铁、锌、铜、硒等微量元素，此外，杏仁还含有糖、微量苦杏仁苷等成分，具有镇咳、镇痛、抗凝、抗氧化、抗血栓、降血脂、防治高血压等作用，还能增加脑部营养，具有补脑益智的作用。

品药鉴点

杏仁甜酥

【材料】杏仁 9 克，低筋粉 48 克，细砂糖 24 克，全蛋液 15 克，橄榄油 24 克，泡打粉 0.9 克，苏打粉 0.6 克。

【做法】用料理机将杏仁打碎，倒入橄榄油，加入细砂糖、全蛋液 12 克(留 3 克刷饼坯表面)，稍微搅拌均匀；筛入低筋粉，加入泡打粉、小苏打，倒入打碎的杏仁粉拌成团；同时，180℃上下火预热烤箱；取适量面团揉圆，压扁，放在烤盘上，注意每一个饼之间留一定的间隔；给每一个饼坯刷上一层全蛋液，放入烤箱中层，上下火设置为 180℃，时间设置为 20 分钟；最后几分钟注意观察烤箱里的情况，酥饼表面变成金黄色即可。

本药点具有润肺止咳的功效。适合慢性气管炎、肺虚咳嗽等人群食用。

双仁蜜饯

【材料】炒甜杏仁 90 克，炒核桃仁 150 克，蜂蜜 300 克，清水适量。

【做法】将炒甜杏仁放入锅中，加少量清水，煎煮 1 小时，再加核桃仁，共同煎煮，慢慢收汁；锅内将干时加蜂蜜，拌匀至沸即可。

本药点具有补肾益肺、润肤美容的功效。杏仁润肺润肠，核桃补肾壮腰。适合肺肾两虚型久咳，肾虚腰脚酸痛、肠燥便秘、皮肤干燥的人群食用。

乌　梅

梅子留酸软齿牙

梅子留酸软齿牙，
芭蕉分绿与窗纱。
日长睡起无情思，
闲看儿童捉柳花。

——宋·杨万里
《闲居初夏午睡起·其一》

诗人在初夏午睡醒来后，拿起一颗梅子品尝，味道很酸，吃过之后，余酸还残留在牙齿之间，牙齿酸软；芭蕉初长，而绿阴映衬到纱窗上。春去夏来，日长人觉疲倦，午睡后起来，没有什么情绪烦扰，觉得无聊，闲来无事观看儿童戏捉空中飘飞的柳絮。这首诗写芭蕉分绿，柳花戏舞，表达出诗人的心境情怀也如同景物一样的清新闲适，童趣横生。

养生解读

乌梅又名桔梅肉、熏梅、梅实等，始载于《神农本草经》，其曰："梅实，味酸，平。主下气，除热烦满，安心，肢体痛，偏枯不仁，死肌，去青黑痣，恶疾。"自古有"望梅止渴"之成语，充分体现了梅子酸甜的口感，提起它便能达到口中生津除渴的功用。中医学认为，乌梅味酸、涩，性平，具有敛肺、涩肠、生津、安蛔的功效。《本草纲目》中有记载："乌梅，敛肺涩肠，治久嗽，泻痢，反胃噎膈，蛔厥吐利，消肿，消痰，解鱼毒、马汗毒、硫磺毒。"

现代药理研究表明，乌梅中含有单糖、双糖、多糖等多种糖类，乌梅富含 24 种氨基酸，以天门氨酸含量为最高，其有机酸的含量亦较为丰富，以枸橼酸为最，还含有黄酮类、生物碱类、脂类、挥发油、萜类及其他多种成分。药理作用主要有抑菌、驱虫、镇咳、抗肿瘤、抗氧化、抗过敏等。

品药鉴点

乌梅蜜饯枣

【材料】乌梅6枚，细红糖30克，桂花3克，蜂蜜60克，红枣30枚。

【做法】①乌梅洗净，放入锅中，加入1升水，煮半小时，再小火收汁，捞出乌梅，留下乌梅汁；②红枣洗净，去核，放入锅内蒸熟备用；③乌梅汁加蜂蜜、红糖、桂花，搅拌均匀；④再将红枣倒入乌梅汁内，封瓶保存即可。

本药点具有生津止咳、敛肺涩肠的功效。适合血虚兼有口干的人群食用。

乌梅杏枣饼

【材料】乌梅6枚，杏仁3枚，红枣3枚，面粉90克，红糖15克。

【做法】①将乌梅、红枣洗净，去核；杏仁洗净，去皮，先剁碎，再细细碾碎；②面粉中加入红糖、乌梅、红枣、杏仁，再加水，搅拌揉捏，做成小碟子大小圆饼状，饼尽量薄；③将小圆饼放进锅内烙，烙至两面焦黄色即可。

本药点具有生津润肺止咳的功效。适合肺阴不足、干咳、口干、大便不畅的人群食用。

桃　仁

合欢桃核终堪恨

一尺深红蒙曲尘，
天生旧物不如新。
合欢桃核终堪恨，
里许元来别有人。
——唐·温庭筠《杨柳枝》

这首诗表达了诗人感叹被所爱之人抛弃的幽恨之情。一开篇即一句“一尺深红”，红色象征着美好而热烈的爱，却蒙上了尘，不禁让我们好奇为什么会这样。诗人接着一句“天生旧物不如新”的感叹，原来是过去红艳艳的爱情也禁不起时间的考验，诗人感叹所爱之人有了新欢而弃旧爱而去。说到这里，诗人想到两瓣的桃核原本合为一块，如同自己与爱人一样，如胶似漆，和和美美，最终却逃不了空留恨的结局。所谓桃仁，里面或许还有别人。“仁”“人”同音，在忧伤惆怅的诗人看来，再合欢的桃仁也不再是夫妻恩爱的象征，而是“仁”里有人，另有他人。

养生解读

桃子去果肉，取核再去其壳，剩下的果仁，乃桃核之仁，名为桃仁。中国古代的医家们尝遍百草，也试过很多果蔬农产，这一味桃仁便是从中挖掘而出。桃仁可谓是治血病之要药，如上阵杀敌的将军一般，在血脉里横冲直撞，破开一切阻碍。正是它这神奇的特性，使桃仁药用的历史悠久。《神农本草经》中说桃仁“味苦平，主瘀血、闭瘕邪气，杀小虫”。桃仁能活血祛瘀，果仁类兼有润肠通便之效，除此之外，桃仁又有止咳平喘之功。

现代药理研究发现，桃仁及其提取物具有增加局部血流量、降低血液黏度、改善血液流变学等作用。桃仁中含有的苦杏仁苷不仅具有镇静呼吸中枢作用，可使呼吸运动趋于平缓而发挥止咳功效，同时具有潜在的神经营养作用。

品药鉴点

桃仁酥

【材料】桃仁9克，低筋面粉210克，玉米油150克，糖粉60克，细砂糖75克，盐9克，鸡蛋60克，小苏打粉12克，无铝泡打粉12克。

【做法】①玉米油、糖粉、细砂糖、盐混合，搅拌均匀，加入一半量的蛋液搅拌；②加入低筋面粉、小苏打粉、无铝泡打粉，搅拌揉捏成面团；③桃仁洗净，放进锅里翻炒，后取出待凉碾碎，拌入面团；④分成大概20个面团，用手搓圆后压扁，面团中间压一个小凹陷即成桃仁酥生坯；⑤面团上涂两次蛋液，烤箱预热180℃，将小酥生坯放入烤箱，烤20分钟左右即可。

本药点具有活血通便的功效。适合偏瘀血体质兼有便秘的人群食用。

桃仁红枣糕

【材料】桃仁9克，面粉90克，鸡蛋30克，牛奶60克，红枣60克，盐3克。

【做法】①牛奶稍温，加入面粉，搅拌均匀；②洗净红枣，去核，桃仁洗净，两者放在一起，碾成碎块；③在面糊中加入盐、红枣、桃仁，搅拌均匀；④倒进可以微波炉加热的方形盒子，封上保鲜膜，静置半小时，拿掉保鲜膜，放进微波炉，加热5分钟左右即可。

本药点有活血补血的功效。适合血虚体质兼有瘀血体质的人群食用。

大　枣

西风梨枣山园

连云松竹，万事从今足。
拄杖东家分社肉，白酒床头初熟。
西风梨枣山园，儿童偷把长竿。
莫遣旁人惊去，老夫静处闲看。

——宋·辛弃疾
《清平乐·检校山园书所见》

词人描写的是检校山园所见之景：看那云雾缭绕，笼罩着生长茂盛、郁郁葱葱的松、竹，环境优美、生活舒适和谐。“拄杖东家分社肉，白酒床头初熟”，是对“万事足”的补充说明，字里行间透露出生活的甜美温馨。“梨枣山园”，展现出庄园内的梨树和枣树上果实累累的景象，透露出诗人对丰收的喜悦之情。“儿童偷把长竿”，是诗人所见的一个场面：一群儿童，正手握长长的竹竿在偷着扑打梨、枣。“莫遣旁人惊去，老夫静处闲看”，反映诗人对偷梨打枣的儿童们的爱护与欣赏。

养生解读

大枣别名甚多，如木蜜、美枣、红枣、胶枣、南枣等，始载于《神农本草经》，列为上品。中医学认为，大枣味甘，性温，具有补中益气、养血安神的功效。大枣向来被视为调理和滋补佳品，早在两千多年前人们就开始研究了，《礼记·内则》中记载“子事父母，妇事舅姑，枣栗饴蜜以甘之”；《黄帝内经》讲到“五谷为养，五果为助”，红枣为“五果”之一，是“五谷”得力的养生助手。《本草汇言》对大枣功效的论述较为全面，称“此药甘润膏凝，善补阴阳、气血、津液、脉络、筋俞、骨髓，一切虚损，无不宜之”。

现代药理研究表明，大枣有提高机体免疫力、抗肿瘤、抗氧化、抗肿瘤、降血脂、造血、抗疲劳、抗缺氧、修复肝损伤等作用。

品药鉴点

糯米镶蜜枣

【材料】大枣15枚，糯米粉60克，蜂蜜6克，桂花3克。

【做法】①大枣洗净，去核，对半切开，但不要完全切断；②糯米粉加热水，揉捏成团，再均分成15份，搓成小细长条，中间加入两瓣大枣；③放入蒸锅，蒸熟后取出，撒上桂花，淋上蜂蜜即可。

本药点具有补脾和胃的功效。适合脾胃虚弱的人群食用。

［大枣山药饭］

大枣山药饭

【材料】大枣60克，莲子18克，山药60克，糯米150克，植物油3克，细红糖15克。

【做法】①大枣、莲子、山药洗净，山药去皮，放入蒸锅内蒸熟备用；②糯米洗净，放入蒸锅蒸熟后取出，加入少量植物油搅拌；③再取一只碗，底部放入山药、大枣、莲子，上面盖上糯米饭，再放入蒸锅蒸15分钟左右，取出稍凉后撒上红糖即可。

本药点具有补脾止泻的功效。适合脾胃虚弱兼有便溏的人群食用。

木　瓜

味涵玉液酸仍涩

经霜著雨玉枝疏，除却宣城总不如。
久入神农为药品，曾从孔子见苞苴。
味涵玉液酸仍涩，囊贮金砂实不虚。
深感故人相赠与，此情何以报琼琚。

——明·丘浚《谢送木瓜》

木瓜是我国特有的果树，春秋时代的文学巨作《诗经》中即有“投我以木瓜，报之以琼琚”。古来木瓜寓意高贵典雅，直至明代尤甚。明代丘浚收到友人赠送的木瓜，遂作本诗咏之。木瓜树冠疏散，经受风霜雨露，总属宣城的木瓜品质最佳。长久以来，它既作为神农本草中的药品，也一直是文人墨客间相互馈赠的珍贵礼物。它的内在很充实，汁液味道酸中带些涩感。诗人非常感谢老朋友相赠此物，不知这份情谊该用什么厚礼来回馈。这首诗表达了友人间的深情厚谊。

养生解读

木瓜，又名贴梗海棠、铁脚梨、宣木瓜，为蔷薇科植物贴梗海棠的近成熟果实。中医学认为，木瓜味酸，性温，具有柔肝舒筋、和胃化湿的功效，《本草纲目》载其“主治湿痹邪气，霍乱大吐下，转筋不止”“强筋骨，下冷气，止呕逆，心膈痰唾，消食，止水利后渴不止，作饮服之……去湿和胃，滋脾益肺，治腹胀善噫，心下烦痞”。木瓜因化湿的功效还有一则趣事，《本草备要》中记载，一船途经金陵，因船员喜爱木瓜的芳香，购大量置于舟中，不久船员即因解不出小便而痛苦不堪，而以利水通淋治疗亦未见效，遂请名医郑某诊治。郑氏一登上船便闻及木瓜的香气逼人，笑说：“搬去此物，溺即出矣。”船员们遂将木瓜尽投江中，果然不药而愈。实际是因为船上有大量木瓜而致芳香化湿太过，导致小便少的症状，所以搬去木瓜便可自愈。

品药鉴点

木瓜椰奶冻

【材料】木瓜 1 只，椰浆 90 毫升，鲜牛奶 150 毫升，白糖适量。

【做法】①将椰浆和牛奶混合，放入锅内煮沸，加入适量白糖；②木瓜洗净，横向将木瓜的顶部切开，刨去内部的木瓜籽，冲洗干净，待椰奶浆凉后倒入其中；③盖上木瓜的顶部，放入冰箱冷藏一晚，第二天取出，切块食用。

本药点具有和胃化湿、舒经活络的功效。适合腰膝关节出现酸楚不适的人群食用。

木瓜红糖包

【材料】木瓜肉 300 克，红枣 60 克，茯苓粉 30 克，面粉 450 克，酵母 6 克，红糖 30 克，牛奶 30 毫升。

【做法】①红枣洗净去核，和木瓜肉一起煮熟后碾碎，滤去水分后制成馅料备用；②面粉、茯苓粉、酵母混合，加温水搅拌，再加红糖、牛奶，揉捏均匀后，等待发酵；③待面团发酵至原来两倍后，均分成若干个，依次裹入木瓜馅料，捏成包子；④包子上蒸笼，蒸 15 分钟左右即可。

本药点具有温中化湿活络的功效。适合脾虚湿阻引起的胃脘胀闷、消化不良、体倦的人群食用。

山　楂

露水白时山里红

南楂不与北楂同，妙制金糕数汇丰。
色比胭脂甜如蜜，解醒消食有兼功。
露水白时山里红，冰糖晶块市中融。
儿童喜食欢猴鼠，也解携归敬老翁。
——清·杨静亭《都门杂咏》

这首诗首句指出南山楂和北山楂是山楂的不同品种，因地域不同，味道和功效差异大。金糕即山楂糕，旧时以北京汇丰斋的最有名。金糕有很多品种，如八宝金糕、桂花蜜糕和水晶金糕等，味道有别，各具特色。金糕的颜色如胭脂，味道甜如蜜，并且具有解渴、醒神、消食等功效。秋天白露时节是山楂成熟的季节，山里红果郁郁很好看，采下来的新鲜山楂加融化后的冰糖制成冰糖葫芦，晶莹剔透，让儿童喜上眉梢，欢快争食，活蹦乱跳，难能可贵的是他们还不忘带回家孝敬老者。

养生解读

山楂制成的冰糖葫芦，家喻户晓，但很少有人知道它其实是宋代的一名中医发明的。南宋绍熙年间，一名中医为贵妃治病，用山楂制成冰糖葫芦，让她当零食吃，贵妃按此方法服用后，果然如期病愈。中医学认为，山楂味酸、甘，性微温，《随息居饮食谱》记载"山楂，醒脾气，消肉食，破瘀血，散结消胀，解酒化痰，除疳积，止泻痢"。自古以来，医家认为山楂功擅助脾健胃、促进消化，为消油腻食积之要药。

现代药理研究表明，由于山楂富含多种有机酸，故能使山楂中的维生素C即使在加热的情况下，也不致被破坏。山楂还富含胡萝卜素、钙、山楂素等有益成分，能舒张血管，加强和调节心肌，增大心室和心房运动振幅及冠状动脉血流量，降低血清胆固醇和血压。

品药鉴点

山楂冰糖糕

【材料】山楂 600 克，冰糖 180 克。

【做法】①山楂洗干净后用双手捏开，把籽取出；②准备微波炉饭盒一个，把洗好去籽的山楂放入盒中，盖上盖子，放入微波炉加热 3 分钟后取出；③打开盖子，用勺子把山楂搅拌成半泥状，放入冰糖，盖上盖子，再次放入微波炉加热 3 分钟后取出；④打开盖子，用勺子把山楂搅拌成泥状，整理平整，盖上盖子，放入微波炉加热 3 分钟后取出；⑤打开盖子，放在阴凉处晾凉，冷藏成形。

本药点具有健胃消食、降脂减肥的功效。适合功能性消化不良及肥胖人群食用。

山楂云卷糕

【材料】山楂 600 克，熟面粉 300 克，鸡蛋 600 克，冰糖 180 克，白糖 360 克。

【做法】①参照上面“山楂冰糖糕”做法制成山楂糕，备用；②把鸡蛋打开，分开蛋清、蛋黄，放入两个盆内，蛋清打成糊状，再把蛋黄打开，将白糖倒入蛋黄内搅匀，再加在蛋清糊内搅匀，然后把熟面粉放入糊内搅匀；③将和好的蛋糊放入蒸格内，上屉蒸 20 分钟左右，取下；④将山楂糕倒出，把糕切成薄片，放在上面，随即卷起。用洁白无菌的纱布把糕卷上，卷紧；⑤晾凉后把布解开，顶刀切成圆形，似云片卷形状，装盘即成。

本药点具有健脾养心的功效。适合脾胃虚弱、失眠多梦的人群食用。

陈 皮

经冬犹绿林

江南有丹橘，经冬犹绿林。
岂伊地气暖，自有岁寒心。
可以荐嘉客，奈何阻重深。
运命唯所遇，循环不可寻。
徒言树桃李，此木岂无阴？
——唐·张九龄《感遇》

这首诗通过咏橘树的坚毅来表达作者自己的心境。江南的橘树经历了冬天仍是郁郁葱葱的，主要是因为橘树能历寒冬而不衰，这种品质难能可贵，不禁让诗人想到自己的境遇，朝局的冷酷和帝王的忽视，自己被贬谪，仿佛进入寒冬，却依然心怀一颗爱国报国之心。正如世间果树种类颇多，桃树、李树、橘树，但古来只言桃李之美，却忽视橘树的品质。橘树不仅能够收获甘甜的果实，还有果皮可制作为陈皮入药养生保健。同样，茂盛的橘子树也能为过路人提供遮阳乘凉之所，正如诗人自己和一些怀才却遭受冷落的贤者，原能为君王解忧、为百姓谋福，但无奈这世事冷淡，只能傲立寒冬。陈皮即“陈旧的橘皮”，意为取橘皮干燥之后经历时间的磨炼制成陈皮。

养生解读

南朝时期的“山中宰相”陶弘景言陈皮“疗气大胜，以陈久者良”。《神农本草经》将其列为上品，述其“主胸中瘕热逆气，利水谷。久服，去臭下气通神”。陈皮辛温，味辛善窜，行气导滞，性温暖中，化痰燥湿，日常生活中，泡茶、煲汤、煮粥等加入陈皮都是不错的选择。

现代药理研究发现，陈皮中提取的挥发油类物质的活性成分具有祛痰平喘止咳的功效，能扩张支气管，还能有效地刺激胃肠道平滑肌运动，促进消化液分泌，有排除肠道积气、增加食欲的效果。研究还发现，陈皮能够清除体内自由基，起到抗氧化与抗衰老作用，故谓“陈皮虽老，但可抗老”。

陈皮雪花糕

【材料】陈皮 15 克，绵白糖 45 克，淀粉 60 克，水磨糯米粉 150 克。

【做法】①陈皮洗净，开水泡 5 分钟，捞出切成细末，水留用；②把绵白糖、淀粉、水磨糯米粉、陈皮末混合搅拌，加入留好的陈皮水调匀，做成半流质状态；③冷水上锅，水开后隔水蒸 25 分钟，用筷子确认是否熟透，关火放凉；④蒸糕的同时，取少量糯米粉炒熟。待蒸糕凉到不烫手，搓成匀称的条状后用刀拍扁，切成段，撒上糯米粉。

本药点有理气燥湿的功效。适合气滞湿阻、胃脘胀满的人群食用。

陈皮山楂糕

【材料】陈皮 60 克，薏苡仁 60 克，芡实 60 克，山药 60 克，山楂 1 800 克，冰糖 150 克。

【做法】①山楂洗净去核，略煮片刻；②陈皮、薏苡仁、芡实、冰糖、山药放入料理机，加水打成糊，将熬煮的山楂放入料理机，打成糊状；③将打好的糊都倒入锅里，继续熬 10 分钟左右，熬到挂勺；④将糊倒入烤盘，烤箱设定在 100℃左右，烘烤 4 小时左右，倒出切块。

本药点具有健脾消食化湿的功效。适合脾虚食积、饱食脘胀、消化不良的人群食用。

香 橼

一杯清茗泡香橼

竹筒高架翠微巅，
凿石穿云自引泉。
乞火烧柴消溽暑，
一杯清茗泡香橼。
——清·许南英
《番社防匪偶成·其五》

整首诗描写了夏日从山上取水烧煮、泡香橼茶的一番美景。用竹子制作成盛水的竹筒，架在高高的青山颠顶上面，凿开石壁，穿破云霄，自然引入山顶的清泉水。为了消除夏天潮湿而闷热的气候，点上一堆柴火，烧煮引来的山泉水，待烧开后倒入杯中，放入香橼冲泡，清香消暑，十分醒神提气。

养生解读

香橼是植物香橼和药材香橼的统称，主产于浙江、江苏、云南等地，秋季果实成熟时采收。香橼的形态、大小差别较大，有的表面比较光滑，有的却凹凸不平、坑坑洼洼，有如排球、足球大小的球形，也有尺寸稍逊于冬瓜的“冬瓜形”。采摘后可以当新鲜水果食用，也能制成果脯等。中医学认为，香橼味酸，性温，具有疏肝理气、宽胸化痰、除湿和中的功效。《本经逢原》中云：“柑橼乃佛手、香橼两种，性味相类，故《纲目》混论不分。盖柑者佛手也，橼者香橼也，兼破痰水，近世治咳嗽气壅，亦取陈者。除去瓤核用之，庶无酸收之患。”

现代药理研究表明，香橼成熟果实中主要含有橙皮苷、枸橼酸、苹果酸等成分，果实中含油量为0.3%～0.7%，包括右旋柠檬烯、乙酸芳樟醇脂等；而香橼果皮中所含成分主要包括叶黄素环氧化合物、新黄质等。药理作用主要体现在抗感染、抗病毒的作用，还有一定的预防冻伤的作用。

品药鉴点

香橼蜜枣饯

【材料】香橼 30 克，黑枣 300 克，蜂蜜 300 克。

【做法】①将香橼洗净，放入锅中，加适量清水，煎取药汁，倒去药渣备用；②将黑枣洗净，用药汁煮黑枣，煮至黑枣熟透，再转小火慢熬收汁；③加入蜂蜜拌匀，装入瓶内即可。食用时可冲水或涂抹在面包片上。

本药点具有疏肝理气、补气宽中的功效。适合肝胃气滞兼有脘腹胀满的人群食用。

香橼茯苓糕

【材料】香橼 15 克，茯苓粉 60 克，面粉 45 克，冰糖 30 克，植物油适量。

【做法】①将香橼洗净后放入锅内，加入适量清水，煮取药汁，晾凉备用；②将茯苓粉、面粉、冰糖混合均匀，加药汁和适量温水搅拌均匀，揉捏成面团；③模具内涂上少量植物油，将面团分匀，填入模具中，充分压实后，上锅，蒸 20 分钟左右，倒出切块即可。

本药点具有理气宽中、健脾渗湿的功效。适合脾胃气滞、湿阻饱胀、消化不良的人群食用。

佛　手

临风藏妙绝

仙掌惊殊绝，黄柑似更奇。
临风藏妙绝，掬指习禅仪。
世事谁能计，人心汝若知。
但逢荀奉倩，捉袖醒诗脾。

——明·梁以壮《佛手柑》

这是一首描写佛手柑外形、神态的诗，给人一种神圣、高洁的美感。首联诗意颇为直白，是说佛手柑外形似神仙的手掌，金黄的色泽更是显得很神奇。颔联主要表达临风中这样的神态给人很崇高的感觉，托起手掌竖起手指修习禅宗礼仪。颈联感叹，世上的诸事谁能够看得明白，别人的心境你又如何能知晓清楚。尾联阐述了作者顿悟的心情。

养生解读

佛手又名九爪木、五指柑、佛手柑、福寿柑，为芸香科柑橘属植物佛手的干燥果实。因佛手清香素雅，形态庄严，古人常以此为岁朝岁寒(岁朝指阴历正月初一，岁寒指一年的严寒时节)的清供，罗列满屋，室中温暖，散发香气，有助调节空气，缓解人的情绪，使精神放松，对睡眠有益。中医学认为，佛手味辛、苦、甘，性温，具有和胃止痛、燥湿化痰的功效。《本草再新》中记载其:“治气舒肝，和胃化痰，破积，治噎膈反胃，消癥瘕瘰疬。”《本草纲目》中则称其:“煮酒饮，治痰气咳嗽。煎汤，治心下气痛。”佛手虽入药，但平常可食用的方法亦颇多，如泡茶、煮粥、制佛手酒及各种糕点等。

现代药理研究表明，佛手中所含的黄酮类以香叶木苷、橙皮苷、胡萝卜苷等为主，糖类主要包括多种多糖及鼠李糖、木糖、甘露糖、葡萄糖等单糖，氨基酸种类有 18 种，矿物质以铜、铁、锰、锌为主，还含有香豆酸、柠檬油素等多种成分。药理作用主要体现为止咳平喘祛痰、调节免疫、抗肿瘤、抗氧化、抑菌等方面。

品药鉴点

佛手山楂卷

【材料】佛手 15 克，面粉 300 克，山楂 150 克，植物油 15 克，红糖 60 克。

【做法】①山楂、佛手洗净，山楂去核，入锅一起熬煮，煮烂后碾碎，沥水备用；②面粉加水，揉捏成面团，加入红糖，再揉捏均匀，用擀面杖擀成较薄的正方形面皮；③在面皮表面涂上山楂佛手泥，涂抹均匀后抹上少量植物油，将面皮卷起来，放入锅内，蒸 15 分钟，取出切成片状即可。

本药点具有行气导滞、消积除满的功效。适合消化不良兼有腹胀的人群食用。

佛手陈皮饭

【材料】佛手 30 克，陈皮 12 克，糯米 180 克，植物油 3 克，白糖 6 克，红枣 3 枚，枸杞子 12 枚。

【做法】①佛手、陈皮洗净，放入锅内加水，大火煮，后用小火熬收汁，取药汁约 30 毫升，加入白糖，搅拌均匀。另蒸红枣和枸杞子备用；②糯米洗净，加入药汁，放入锅内蒸 20 分钟左右，加适量植物油搅拌，放上枸杞子和红枣即可。

本药点具有行气导滞、燥湿化痰的功效。适合腹胀兼有痰湿的人群食用。

白　果

玉骨冰肌未肯枯

风韵雍容未甚都，尊前甘橘可为奴。
谁怜流落江湖上，玉骨冰肌未肯枯。
谁教并蒂连枝摘，醉后明皇倚太真。
居士擘开真有意，要吟风味两家新。
——宋·李清照《瑞鹧鸪·双银杏》

这是一首借物咏情词。银杏的风韵、形姿都不甚起眼，但是较之樽前黄澄澄的甘橘来说，甘橘却只堪称奴婢。这枝双蒂银杏被人采下，永离高大茂密的树干，成为人们的盘中之果，采摘的人自然不会怜它，那么有谁怜它呢？看到它圆浑、洁白虽离枝而不肯枯萎的形状，激起了词人的无限怜爱与自伤。这两颗对生银杏，因摘果人的手下留情，保持了并蒂完整的美好形象，其两相依偎、亲密无间的形态，恰似“玉楼宴罢”醉意缠绵的唐明皇与杨玉环。居士亲手将两枚洁白鲜亮的银杏掰开，夫妻二人一人一颗，情真意切。欲吟颂它的滋味如何，是否清纯香美，却深深地蕴藏在两人的心底。

养生解读

白果始载于《绍兴本草》：“银杏，以其色如银，形似小杏，故以名之。乃叶如鸭脚而又谓之鸭脚子。”白果的原名为银杏，其性平，味甘、苦、涩，具有敛肺气、定喘嗽、止带浊、缩小便、消毒杀虫的功效，《医学入门》载其“清肺胃浊气，化痰定喘，止咳”。白果的营养丰富，并且味道鲜美、柔韧滑腻、清香可口，常常被加工制作成美味的佳肴，烹饪方法有煮、炒、蒸、煨、炖、焖、烩、烧、熘等10余种，既能烹饪成风味独特的菜肴，也能制作成美味的甜品。

现代药理研究表明，白果仁除含有淀粉、蛋白质、脂肪、糖类外，还富含多种维生素，钙、磷、铁、钾、镁等微量元素，营养丰富。但白果每日成人食用量不宜超过10粒。

品药鉴点

白果核桃糕

【材料】白果9粒，糯米粉300克，核桃仁30克，白糖、蜜瓜片各适量。

【做法】精选白果，去皮去衣去心，入锅急火炒熟，和核桃仁、蜜瓜片制成细粒，与白糖、糯米粉、菜油和水一起拌匀，揉匀，装盘按平成正方形，上笼蒸熟即可。

本药点具有补肺益肾补脑的功效。适合肺虚咳嗽、肾虚尿频等中老年人群食用。

［白果］

白果鸡蛋糕

【材料】白果9粒，面粉180克，糖45克，牛奶60克，鸡蛋3个，油24克，泡打粉适量。

【做法】①用刀将炒熟的白果肉切碎备用。②蛋黄和蛋白分离。③盐、油、牛奶、泡打粉、9克糖搅匀，筛入面粉，搅匀。④蛋白中分3次加入剩下的糖，打至发泡。⑤取1/3蛋白放入蛋黄糊，拌匀，将蛋黄糊倒入蛋白里拌匀。⑥放入白果碎块，拌匀，倒入蛋糕模，放进预热好的烤箱，160℃烤40分钟，烤好出炉晾凉即成。

本药点具有清肺养阴的功效。适合肺阴不足、干咳少痰的人群食用。

桂　圆

弄色映琱组

龙眼与荔枝，异出同父祖。
端如柑与橘，未易相可否。
异哉西海滨，琪树罗玄圃。
累累似桃李，一一流膏乳。
坐疑星陨空，又恐珠还浦。
图经未尝说，玉食远莫数。
独使皴皮生，弄色映琱组。
蛮荒非汝辱，幸免妃子污。

——宋·苏轼
《廉州龙眼质味殊绝可敌荔枝》

这首诗是大文豪苏东坡为赞美桂圆而作，辞藻华丽，韵味无穷。他认为龙眼和荔枝虽是同宗同祖，但滋味迥异，就像芦柑与橘子一样，不容易通过外观辨别。在奇异的西海之滨（廉州），一株株桂圆树，就如同仙境中的玉树（琪树）生长在神仙居处（玄圃）一样，枝头一颗颗桂圆如桃李般密密匝匝，其上仿佛流动着仙液。坐在树下抬头望去，仿佛置身星空之下，又怕失去这一切（珠还浦，典出“珠还合浦”）。《图经本草》中没有记载这样的美味到底该吃多少才合适，唯独它在荔枝（皴皮）还没有成熟的时候，显现美色，映照玉盘。这偏远地区没有人可以玷辱它，即使是高贵的皇妃也不行，以此衬托出桂圆的高洁。

养生解读

桂圆又名龙眼、荔枝奴、比目、鲛泪、蜜脾、圆眼，更获“南国人参”之雅称，主要源于其具有很高的药用食用价值。龙眼为常见的食疗保健品，气味香甜，无论新鲜的龙眼或者晒干的龙眼肉，都十分受人喜爱。中医学认为，龙眼味甘，性温，具有补益心脾、养血安神的功效。《本草纲目》中称“食品以荔枝为贵，而资益则龙眼为良。盖荔枝性热，而龙眼性和平也”，可见龙眼药性平和。《随息居饮食谱》载其：“补心气，安神定志；益脾阴，滋营充液。”

品药鉴点

桂圆枸杞糕

【材料】桂圆肉24克，枸杞子9克，红糖90克，吉列丁片27克，桂花少许。

【做法】桂圆肉洗干净，切碎备用；枸杞子洗干净，浸泡；将桂圆和枸杞子放入水中慢火煮约10分钟，放入红糖融化，撒入些许桂花；吉列丁片放冷水中至变软，隔水加热至融化，倒入桂圆枸杞子的汁液中，拌匀；倒进模具中放凉，置冰箱冷藏至凝固即成。

本药点具有益肝肾、养心神、明目的功效。适合肝肾不足、心神失养、神倦、失眠、目疲等人群食用。

桂圆红枣糕

【材料】桂圆肉45克，红枣30克，红糖180克，马蹄粉270克。

【做法】将桂圆肉和红枣加水，放入豆浆机搅拌后隔渣；隔渣后的桂圆红枣水煮开后，倒入红糖煮化；将马蹄粉和清水搅拌至融合。将煮开的桂圆红枣水冲入马蹄粉中，一边倒一边快速顺时针方向不停搅拌；把制作好的桂圆红枣马蹄粉糊分层倒进糕盘里蒸，一层蒸熟后再放第二层，如此类推，分层蒸熟；蒸好的桂圆红枣马蹄糕放凉后，切块即成。

本药点具有健脾养心、补血生津的功效。适合脾胃不足、气血偏弱、乏力、口渴、睡眠欠安的人群食用。

余甘子

余甘到底有遗味

锦野西锁始识君，便期垩鼻着风斤。
余甘到底有遗味，檐卜本来无异芬。
忽忽又弦凉榭月，亭亭还合暮山云。
玉泉道士穷于我，也买新鹅约右军。
——宋·洪咨夔《和黄伯渊见寄二首》

这首诗是诗人附和友人黄伯渊来信所作。诗人写道：自从我与伯渊兄在襄邑(锦,《康熙字典》解释“汉魏郡有县，能织锦绮罗，因名襄邑”，今河南商丘睢县，南宋属应天府)西郊外的军事重地相识后，就日夜期盼着能够再与你谈古论今(“垩鼻着风斤”出自典故“垩鼻运斤”，形容友人互相切磋，或用以尊称别人的指正)。与兄论道就像食用余甘子，虽然过程稍显苦涩，但回味无穷，又或是如同檐卜(植物名，产西域，花甚香)，花苞时没有特别的香气，但等它成熟便会异香扑鼻，久久不散。时间匆匆，我又看到凉亭上倒挂的一弦明月，在这似曾相识的月辉下，仿佛在云端若隐若现的苍茫大山也明亮了许多。玉泉道士与我一样穷困潦倒，但也肯花钱买来一只鹅，想要与王右军邀约论道，更何况是你我这等情谊的朋友。余甘子被诗人用来比喻与友人论道的感受，甚是贴切，过程虽不那么美，却能让人回味。

养生解读

余甘子，《唐本草》述其生于岭南、交、广管等州，又名庵摩勒，庵摩勒暗示着余甘子很有可能是古印度与古中国医药文化交流的成果。古人因其入口初苦涩，良久而甘，呼其为余甘。余甘子性凉，味甘、酸、涩，对肺、胃大有裨益，功效清热凉血、消食健胃、清热利咽、生津止咳，余甘子可以直接食用以改善胃负担过重的情况。同时，风热引起感冒也可以用余甘子食疗。

现代药理学研究发现，余甘子果实提取物中的有效成分能够阻断强致癌物在动物体内外的合成，其果实中富含酚类化合物、黄酮、多糖、萜类化合物等成分，可以对抗动脉粥样硬化，还能降血脂、抗氧化、调节血糖、缓解慢性咽炎。

品药鉴点

余甘山药卷

【材料】余甘子300克，山药300克，红糖30克。

【做法】①余甘子洗净，用盐水稍微浸泡后取出，放入锅里，加水，水不宜过多，熬至余甘子稀烂，碾碎，再过筛，得到细腻的果泥，重新倒回锅中，加入红糖，搅拌成果酱备用；②山药洗净去皮，放入锅里，煮熟，放入保鲜袋中，按成泥；③将山药泥铺在油纸上，用擀面杖擀平成大小合适的四方形状，待冷却成形；④在山药泥面上涂上果酱，卷起山药泥成山药卷，切成小块即可。

本药点具有消食健脾、生津止渴的功效。适合消化不良、腹胀的人群食用。

余甘子米团

【材料】余甘子60克，糯米粉100克，红豆沙120克，绵白糖30克，小麦淀粉30克，食用油适量。

【做法】①余甘子洗净，去核，放入锅里，加水，煮烂，碾成泥，过筛，留下余甘子泥；②糯米粉加入绵白糖、温水，搅成半湿状，小麦淀粉冲入开水，拌成透明状，将糯米粉与淀粉混合，加入食用油，揉捏均匀；③放入碗里，尽量摊薄，上锅蒸10～15分钟；④将余甘子泥与糯米团混合，搅拌均匀，充分揉捏；⑤将糯米团均匀分成若干个，裹入红豆沙，捏成圆团，刷上食物油，包上保鲜膜即可，想吃的时候稍蒸3分钟即可食用。

本药点具有清热凉血生津的功效。适合咽喉不适、口干的人群食用。

枳椇子

南山有枸，北山有楰

南山有杞，北山有李。
乐只君子，民之父母。乐只君子，德音不已。
南山有栲，北山有杻。
乐只君子，遐不眉寿。乐只君子，德音是茂。
南山有枸，北山有楰。
乐只君子，遐不黄耇。乐只君子，保艾尔后。
——先秦·佚名《诗经·小雅·南山有台》

这是一首颂德祝寿的宴饮诗。全诗原有五章，每章六句，此处选了后三章。每章后四句都是歌功颂德和祝寿之词。意为南山生枸杞，北山长李树。君子很快乐，人民好父母。君子真快乐，美名必永驻。南山生鸭椿，北山长菩提。君子真快乐，高年寿眉齐。君子真快乐，美德充天地。南山生枳椇（枸），北山长苦楸。君子很快乐，怎能不长寿。君子真快乐，子孙天保佑。虽内容单纯，但结构安排精巧，语意逐层递进，富有层次感与节奏感。

解读 养生

我国各地区对枳椇子有不同称谓，如拐枣、金钩子、鸡爪梨等。中医学认为，枳椇子味甘，性平，具有清热利尿、止渴除烦、解酒毒的功效。古书中关于枳椇子解酒的奇闻趣事记载亦不少。苏东坡在《眉山集》中记载了一则故事：苏东坡的朋友吃得多、饮水多、小便多，以为得了消渴，按消渴治了很久，症状仍不断加重。东坡为友请名医张肱诊治，用枳椇子煮水，送服麝香做的丸药，很快就痊愈。原来他并非是消渴病，而是中了酒毒。因用枳椇子来解酒，故很快就好了。

枳椇子主要含黄酮类、三萜皂苷类、生物碱类、有机酸类等成分，药理作用主要有解酒、保肝、抗氧化、抗肿瘤、抗突变及抗疲劳等。

品药鉴点

枳椇子糯米糕

【材料】枳椇子 12 克，鸡蛋 3 个，糯米粉 300 克，白糖适量。

【做法】将枳椇子肉捣成泥；将鸡蛋打散，放入适量白糖，搅拌；将干糯米粉陆续加入，边打边慢慢加入。等糖、蛋和干糯米粉混合之后，加入枳椇子泥继续搅拌 15 分钟；枣糕米浆打好之后，放在内壁涂了食用油的蒸盆中，将枣糕米浆倒入至八分满；放入笼屉大火蒸 2 小时即成。

本药点具有清热除烦、止渴的功效。适合肝火偏旺、情绪烦躁的人群食用。

［枳椇子葛根糕］

［枳椇子］

枳椇子葛根糕

【材料】枳椇子 15 克，葛根粉 90 克，冰糖 30 克。

【做法】先将枳椇子加适量水浓煎取汁，加入冰糖煮化，待水温降至 50℃，加入葛根粉拌匀至无颗粒状；放入烧开水的蒸锅，蒸 15 分钟，放入冰箱冷却成型即成。

本药点具有清热生津、解酒毒等功效。适合消渴及饮酒过度等人群食用。

藕

藕碗冰红手

柳庭风静人眠昼，昼眠人静风庭柳。
香汗薄衫凉，凉衫薄汗香。
手红冰碗藕，藕碗冰红手。
郎笑藕丝长，长丝藕笑郎。
——宋·苏轼《菩萨蛮·回文夏闺怨》

这首回文词是作者“四时闺怨”中的“夏闺怨”。用意简明，词语清美。上阕写昼眠情景，下阕写醒后怨思。风静时庭柳低垂，闺人困倦而眠；当昼眠正熟，清风又吹拂起庭柳。一、二句描写不同角度的“静”，静中见动，动中有静，颇见巧思。三、四句，细写昼眠的人。风吹香汗，薄衫生凉；而在凉衫中又透出些许细微的汗香。紧接着二句写醒后的活动，红润的手端着盛了冰块和莲藕的玉碗，而这盛了冰块和莲藕的玉碗又冰了那红润的手。收尾两句为全词主旨，郎笑碗中的藕丝太长了，闺人吃着藕，埋怨郎的情意不如藕丝之长，露出“闺怨”之意。

养生解读

藕，又称莲藕、莲根、藕节、果藕等，为睡莲科植物莲的根茎。藕生于淤泥而不染，肥大，有节，中通外直，折断后有丝相连。莲藕自古深受人们喜爱，在我国有悠久的栽培历史，可食用，也有较高的药用价值。藕可生吃，可炖汤、凉拌、清炒，还可以将藕粉做成各种糕点。中医学认为，藕味甘，性凉，生用时具有清热生津、凉血止血、散瘀的功效，熟用性微温，偏于补益脾胃、补血生肌、止泻。

现代药理研究表明，藕中含淀粉、蛋白质、维生素、膳食纤维、多酚化合物及过氧化酶等，药理作用包括补血、止血、抗氧化等。

品药鉴点

藕丝粉蒸糕

【材料】莲藕 90 克，藕粉 60 克，白糖适量。

【做法】将藕洗净、去皮后刨成丝；锅中加水，煮开后倒入藕丝，然后再煮 3 分钟左右捞出过凉开水；在微波炉盒中依次加入藕丝、白糖、凉开水、藕粉，开水加至盖过藕丝 5 毫米，把白糖、藕粉搅拌均匀；将调好的藕糕水放入微波炉加热 3 分半钟；趁热将藕糕倒入容器中，稍放凉；然后将藕糕放至冰箱冷藏 3 小时定形即成。

本药点具有补益脾胃、补血生肌的功效，适合多数人，尤其适合脾胃虚弱的人群食用。

藕粉山楂糕

【材料】纯藕粉 150 克，鲜山楂 90 克，蜂蜜适量。

【做法】先将山楂洗净，去籽，放入锅中，加水适量，大火煮开后，小火煮 10 分钟左右；然后将煮好的山楂及水倒出放凉，放进料理机打成山楂糊；将山楂糊倒入锅中，加入适量水和纯藕粉，搅拌均匀，煮开，倒入容器晾凉，放入冰箱冷藏定形后切片，淋入适量蜂蜜即成。

本药点具有补益脾胃、消积散瘀的功效，适合多数人，尤其适合脾胃虚弱、消化不良或血脂偏高的人群食用。

芡　实

芡实如珠藕如臂

桐翻雨滴气萧然，远砌悲凉那得眠。
病似漏壶安枕上，梦惊故友到床前。
谁家孤鹤偏长唳，何处风声不可怜。
芡实如珠藕如臂，强宽食假亦明年。
——明·沈守正《不寐》

这首诗记述了诗人卧病在床难以入眠的状态。诗人听着窗外雨滴的声音，悲凉的气氛渐渐弥漫过来。晚年疾病缠身，梦见故友来到床前探望，突然惊醒，却空无一人。这时的诗人，沉浸在悲哀之中，就连邻近的鹤鸣在他听来也是孤独寂寥的。天地之间，风一阵一阵地吹，丝毫不怜悯天地间的人与物。诗人辗转难以安寐，不仅仅是因为自己的病体，还因为过度的悲伤，叹息自己身体一年不如一年。最后寄希望于服食珠圆玉润的芡实和如手臂粗的莲藕，可以补益身体，让自己安睡。

养生解读

生于池泽的芡实，又有“水中人参”之美称。芡实又名“鸡头实”，《神农本草经》将其列为上品，称其“性味甘平，主治湿痹，腰脊膝痛，补中，除暴疾，益精气，强志，令耳目聪明。久服轻身不饥，耐老神仙”。宋代大文豪苏东坡的养生之法中，有一条就是将芡实煮熟后，一枚一枚地细细嚼咽，每日十余粒，持之以恒，长年不辍，故芡实可谓是“婴儿食之不老，老人食之延年”之佳品。千百年以来，古今医家都认为芡实能够益肾固精、补脾止泻、除湿止带，是既能保健又能治病的良药。

现代药理研究发现，芡实醇提取物有很好的抗氧化及抑菌作用。除此之外，芡实含有的甾醇类、环肽类、脂类等，还能保护胃黏膜、抵抗心肌缺血。

品鉴药点

芡实糯米糕

【材料】芡实粉 90 克，糯米粉 60 克，细砂糖 30 克。

【做法】①将糯米粉、芡实粉、糖混合，加入适量水，水不宜过多，搅拌均匀，拌成粗粉状；②在容器里垫一层油纸，方便脱模，将上述粗粉放入容器内，不要压实，像铺沙子一样一层一层铺上；③容器包好保鲜膜，防止锅盖水滴落，冷水上锅蒸 20 分钟，放凉切片。

本药点具有益肾固精、补益脾肾的功效。适合脾肾不足、尿频、便软、带下的人群食用。

[芡实泥]

[芡实芝麻饼/肖晓·上海]

芡实芝麻饼

【材料】芡实 60 克，茯苓粉 60 克，面粉 300 克，酵母 3 克，白糖、白芝麻各适量。

【做法】①芡实洗净，加水没过芡实，放入蒸锅，大火蒸 25 分钟后放入搅拌机，加入一点水，把芡实搅拌成泥状；②在搅拌好的芡实泥中加入面粉和茯苓粉，加入酵母、一勺白糖，揉成面团，让面团发酵至两倍大；③把面团分成一个个小剂子，搓圆后放入铺满芝麻的容器里滚上芝麻，用手把面团摁扁；④放入平底锅，小火两面各煎 15 分钟。

本药点具有补益脾肾、除湿止泻的功效。适合脾虚湿阻、大便溏软的人群食用。

果部

蜀椒

主温中，祛寒湿

木部

松花粉

金粉生香风细细

繁花密笋暮春时，妆点园林一段奇。
金粉生香风细细，斑衣留润露垂垂。
品高宜入神仙药，节劲终全冰雪姿。
笑彼杏桃儿女态，谩争艳冶媚山歧。
——宋·裘万顷《松花开竹笋茂喜而咏之》

第一、二句描述的是松花、竹笋开在暮春时节，并不与百花争奇斗艳，而是妆点园林。第三、四句是写松花的香气随风细细飘入林，竹笋外衣上润泽的露水垂垂欲滴。第五、六句讲述这两者品性高洁，适宜炼制长生之药，可谓生而有节，傲视冰雪。第七、八句写它们嘲笑桃花、杏花忸怩的女儿情态，艳丽妖冶，易让人走歧路。诗人在诗中将竹松与杏桃对比，一个超然独立、傲雪斗寒，一个艳丽妖冶、媚人心志，在对比中，足见诗人对松竹的喜爱和赞赏。

养生解读

松花粉是松科植物马尾松或同属植物的干燥花粉。松花粉在几千年的历史长河中，不仅有“美人井”的传说，还有作为贡品每年向皇上进贡的记载。唐代张泌的《妆楼记》及刘询的《岭表录异》中载道：晋代白州双角山下，有一口美人井，凡汲饮此井水者，家中诞女多是非常俊美，其原因是井旁常年有松花开放，花粉落入井中，人们喝过有花粉的井水，故美女颇多。后世多个《食疗本草》版本中均有松花粉做汤、制馅、蒸饼、酿酒的记载。《神农本草经解》言：“松花，味甘益脾，气温能行，脾为胃行其津液，输于心肺，所以润心肺也。益气者，气温益肝之阳气，味甘益脾之阴气也。”

松花粉是一个“天然微型营养库”，含有200多种营养元素，可以增强体力和精力，具有抗疲劳的功效。松花粉中含有大量抗氧化成分，有美容和延缓衰老的作用，因其含有近百种酶类，故对胃肠、肝脏、心血管等均有较好的保护作用。

品药鉴点

松花团子

【材料】松花粉 30 克，糯米粉 300 克，冰糖适量。

【做法】①锅里倒入水，加冰糖熬成冰糖水稍凉备用；②盆内放入糯米粉，用温热的冰糖水，混合揉成光滑的面团；③将面团揉成长条，然后用滚刀法切成小块，分成小剂子，取 1 个小剂子，在手心揉圆成球状即成圆子；④锅内加水煮沸，下入圆子，用炒勺顺锅边搅动，以防粘住锅底，大火煮至圆子浮起后，转小火煮熟；⑤捞出圆子，沥干水分，放凉，最后在松花粉上一滚即成松花团子。

本药点具有补益心肺的功效。适合肺虚咽干、心虚寐差、皮肤干燥的人群食用。

松黄蒸饼

【材料】松花粉 30 克，面粉 900 克，蜂蜜适量。

【做法】在松花粉中加入适量蜂蜜调匀，制成馅料；面粉加水和匀，揉面成长条，然后用滚刀法切成小块，制成剂子，再揉搓成团状，然后用食指或者大拇指顶住面粉团的顶端，向下按的同时，用另外的四指旋转团子；在面团的凹陷中放入松花蜜馅，将其包入其中，用虎口将团子的边口收拢，揉搓后压成饼状，上笼屉蒸熟即成。

本药点具有益气养血的功效。适合气虚乏力、血虚头晕、须发早白、虚喘咳嗽等人群食用。

肉　桂

玉桂影摇乌鹊动

狡兔顽蟾死复生，度云经汉澹还明。
夜长虽耐对君坐，年少不禁随尔行。
玉桂影摇乌鹊动，金波寒注鬼神惊。
人间半被虚抛掷，唯向孤吟客有情。
——唐·李山甫《月》

这首诗表达的是唐代诗人在乱世之中的不满之情。诗人夜晚独自望着天空的月亮，思绪万千，月宫里的狡兔和顽蟾尚能坚强地创造死而复生的奇迹，皎洁的月光即使被云遮住，也会全力挣脱照亮夜空。月光是凄凉的，长夜漫漫，但山河已破，报国无门的诗人，不禁回忆起了年少。恍惚间，仿佛看到月宫里的肉桂树在风中摇曳。再美的月光金波，在诗人看来，也是寒冷彻骨的，在诉说着悲伤的故事，正如被君主枉顾的天下苍生。生活的不顺，朝政的腐败，统治者的无能，让诗人只能独自哀吟风雨之中的王朝。月宫中的"玉桂"只是大地上肉桂树的想象版，真正的肉桂是一味良药。

养生解读

肉桂与桂枝不同，取的是肉桂树的树皮来入药。中医入药讲究药物取材的部位，不同部位亦有不同功用。肉桂取桂之皮，偏于温里；桂枝取桂之枝，偏于解表。肉桂经历了先为香料后入药的过程，除辛香之气外，桂皮还有温热之性，故可以补火助阳、散寒止痛、温通经脉，兼有引火归元之效。现代大量将肉桂用于糕点、饮料、食品的增香，医药配方，调和香精和化妆品等。

现代医学研究发现，肉桂的药理作用主要表现在消化系统、心血管系统、免疫系统等方面。肉桂所含的桂皮油能促进消化液分泌，增强消化功能，还能解除内脏平滑肌痉挛，让失调的胃肠功能恢复正常。肉桂对全身的血管都有扩张作用，能降低血压，缓解肢体的疼痛，具有一定的抗休克作用。

品药鉴点

肉桂糖粉蛋卷

【材料】肉桂粉6克，高筋面粉240克，干酵母3克，细砂糖18克，盐3克，鸡蛋1个，牛奶120克，黄油24克，红糖30克（宜用粗颗粒的）。

【做法】①肉桂磨粉，和红糖混合均匀。高筋面粉、干酵母、细砂糖、盐混合，倒入盆里，搅拌，中间挖一个洞，倒入鸡蛋和牛奶，揉捏面团；②揉到面团光滑，放入切碎的黄油，继续揉捏面团，盖上保鲜膜进行发酵，等待发酵至面团的体积变为两倍左右；③将面团取出后排气滚圆，盖上打湿后再拧干的纱布松弛15分钟，取出面团，擀成长约30厘米、宽约27厘米的长方形，用刷子均匀地刷一点清水，四周留一点空隙，将拌好的肉桂糖粉均匀地涂抹在上面；④卷起面团，捏紧缝隙，再将面团分成九等份，摆入烤盘的烤模里，整理面团的形状，盖上保鲜膜再次发酵，当体积变为两倍左右时，将烤箱预热至200℃，放入烤12分钟左右即可。

本药点具有温中散寒、温通经脉的功效。适合下焦虚寒兼有痛经的人群食用。

肉桂燕麦饼干

【材料】肉桂粉6克，中筋面粉120克，即食燕麦90克，植物油60克，鸡蛋2个，白糖30克，红糖15克，蔓越莓干30克，小苏打3克，盐少许。

【做法】①鸡蛋打散，倒入植物油，搅拌均匀；②将其余材料一起混合，搅拌均匀，再倒入鸡蛋和植物油混合；③捏成扁圆，依次摆入烤盘，烤箱预热180℃，放入烤箱烤10分钟左右，放凉变硬即可。

本药点具有补火助阳、温中止痛的功效。适合虚寒体痛伴关节不适的人群食用。

丁 香

琉璃叶下琼葩吐

落木萧萧，琉璃叶下琼葩吐。
素香柔树。雅称幽人趣。
无意争先，梅蕊休相妒。
含春雨。结愁千绪。似忆江南主。
——宋·王十朋《点绛唇·素香丁香》

本首词形神兼具地描写了丁香，虽然树叶还是稀稀落落的，但丁香树叶下丁香花已开放，吐露出的素淡香气环绕着树，雅士称赞这是幽居之士的乐趣。丁香花没有争夺春光，梅花休要嫉妒。她在春雨中愁绪满怀，好像在怀念江南故土。上阕从两方面落笔，一方面描写丁香之形态，另一方面叙述了丁香"幽人"之意趣。下阕由形而传神，写丁香之精神所在，亦是从两方面表达，一方面写其无意与群芳争春斗艳，另一方面写出了丁香散露出的愁绪。

养生解读

丁香又名公丁香、雄丁香、丁子香，《中华人民共和国药典》2015年版记载其为桃金娘科植物。据民间说法，汉代称丁香为鸡舌香，大臣向皇帝起奏时，须口含鸡舌香，以除口臭。自唐代时，就有记载鸡舌香用于烹调和入酒等。丁香既可作药用，又可作调味剂，乃药食兼用之品，丁香花开放时也具一定的观赏价值。中医学认为，丁香性温，味辛，具有温中降逆、温肾助阳的功效，《日华子本草》中称其"治口气，反胃，疗肾气、奔豚气、阴痛，壮阳，暖腰膝，杀酒毒，消痃癖，除冷劳"。

现代药理研究表明，丁香中含有丁香酚、没食子酸、香草酸等酚类成分，还含有多种黄酮类、三萜类、丁香苷等多种成分。丁香酚是丁香油的主要成分之一。丁香挥发油及其主要成分对沙门菌、金黄色葡萄球菌、大肠杆菌等均有一定的抑制作用。

品药鉴点

手工丁香面

【材料】丁香3克，草果6克，面粉300克，调味料适量。

【做法】①先将丁香、草果研成极细粉末（草果需去心）；②将丁香、草果粉倒入开水中搅拌，放温后和入面粉，一起搅拌；③把面搅拌均匀后，从盆中取出，放入面板上揉成形后，静置几分钟。④用擀面杖把它擀成均匀厚度，折叠，用刀切开，抖散。⑤锅内加入适量清水，置武火上烧沸，放入面条后再烧沸，煮至熟透即可。

本药点具有暖胃肠、止泄泻的功效。适合胃寒怕冷体质及经常便溏的人群食用。

丁香南瓜饼

【材料】丁香粉6克，生姜粉3克，肉桂粉3克，蜂蜜60克，鸡蛋3个，南瓜泥300克，牛奶60克，食盐适量，未烤制的馅饼壳若干。

【做法】取一个较大的容器，把所有的原材料都放入，搅拌均匀；再将其倒入馅饼壳；置于175℃烤箱先烘烤15分钟，然后将温度降至145℃再烤45分钟左右，馅饼即熟。

本药点具有温胃散寒、和中止呕的功效。适合脾胃虚寒所致有时恶心、嗳气的人群食用。

桑　椹

深树鸣鸠桑椹紫

春水参差涨野塘，低田三月始分秧。
疏疏看过酴醿雨，曲曲行随薜荔墙。
深树鸣鸠桑椹紫，午风团蝶菜花黄。
石桥迤逦村西路，时有人家煮茧香。
——清·罗廷琛《野眺》

这首诗描写了美丽的春天景色秀丽、植物生机盎然，一派生机勃勃的景象。绵绵春雨下过，野外池塘里的水位参差不齐，农历三月，田地里开始忙碌地分起了秧苗。疏疏一眼望过，酴醾（荼蘼）灌木成排，路畔两侧蜿蜒随行的薜荔木长得像一堵堵垒墙。树林里的鸟儿发出轻灵的啼声，树上的桑椹颜色乌紫，午间的暖风吹过黄黄的菜花，一群群蝴蝶翩翩起舞。石桥与村西边的路蜿蜒曲折、连续不断，而村里的人家不时飘出煮茧的香味。

养生解读

桑椹又作桑葚，又名桑果、桑子等，一般在4至6月成熟，果实多汁味甜，《诗经》中即有“桑之未落，其叶沃若，于嗟鸠兮，无食桑葚”之语，言其营养价值极高，在古代曾是皇帝御用的补品。桑椹果未成熟时为绿色，逐渐长成白色、红色，成熟后为紫红色或紫黑色，一般以紫红色为佳。中医学认为，桑椹性寒，味甘、酸，具有滋阴补血、生津润燥的功效。《本草拾遗》记载其能“利五脏关节，通血气，久服不饥”；《滇南本草》称其“益肾脏而固精，久服黑发明目”；《本草纲目》中提及桑椹“捣汁饮，解酒中毒；酿酒服，利水气，消肿”。

现代药理研究表明，桑椹中含芪类化合物、黄酮类、多羟基生物碱类化合物等，药理作用主要有增强机体免疫功能、抗氧化与延缓衰老、促进血细胞生长、抗诱变及抗癌等，故为保健、美容养颜的佳果，且对贫血、血脂异常、高血压病、冠心病、糖尿病、神经衰弱等有一定辅助治疗作用。

品药鉴点

桑椹鸡蛋糕

【材料】鲜桑椹90克，鸡蛋3个，低筋面粉90克，细砂糖72克。

【做法】将鸡蛋打入盆中，放入白砂糖；电动搅蛋器开高速搅打至体积膨大，颜色发白，换低速搅打细腻，无大泡，划过有花纹，不易消失；筛入低筋面粉后搅拌至无干粉，方法自右上方向下铲，划过盆底，自左上方捞出，将面粉拉起，转动盆；把桑椹放入蛋糕糊中，搅拌均匀，将纸放入连膜模具，倒入蛋糊至八分高度；烤箱预热至170℃，将烤盘放入中层，烤25分钟左右。

本药点具有滋阴补血、美容养颜的功效。适合多数人服食，尤其适合肝肾阴血不足、易疲乏的人群食用。

桑椹芝麻糖

【材料】干桑椹150克，黑芝麻30克，白糖450克。

【做法】将桑椹和黑芝麻打成粉备用，将白糖放入锅中，加水适量，用文火煎熬至稠时，加入桑椹芝麻末，调匀，继续煎熬至用锅铲挑起成丝状时停火；将糖汁倒入涂有熟菜油的搪瓷盘中，晾凉，用刀划成条，再划成小块即成。

本药点具有补肝益肾、润肠通便的功效。适合肾虚耳鸣、便秘等人群适量食用。

酸枣仁

酸枣垂北郭

入门且一笑，把臂君为谁。
酒客爱秋蔬，山盘荐霜梨。
他筵不下箸，此席忘朝饥。
酸枣垂北郭，寒瓜蔓东篱。
还倾四五酌，自咏猛虎词。
近作十日欢，远为千载期。
风流自簸荡，谑浪偏相宜。
酣来上马去，却笑高阳池。
——唐·李白《寻鲁城北范居士失道落苍耳中见范置酒摘苍耳作》

这首诗叙述作者寻访范居士的经历，表现了作者与范居士的深厚交情，也显示了诗人的豪迈性格和豪放诗风。诗中写道，一进门老范就笑哈哈地挽住我的手臂问：你是谁？用什么下酒？秋天的蔬菜和水果，来一盘霜梨开开胃！别处宴席没口味，此地的酒菜令人开心。城北酸枣累累，篱东寒瓜漫地。一连喝了四五杯，酒酣高歌一首《猛虎词》。连续十天的大醉，哪怕过了千年也会记得，何时再来一回？风流倜傥之士命中注定要颠簸一生，一定要有幽默自嘲的性格才相得益彰。大醉以后就像晋朝的山公倒骑马回家！以后再谢主人。

养生解读

酸枣仁又名枣仁、酸枣核等，酸枣浑身都是宝，可以“安五脏，轻身延年”。中医学认为，酸枣仁味甘、酸，性平，具有养心补肝、宁心安神、敛汗、生津的功效。酸枣仁始见于《神农本草经》，列为上品，载其“补中益肝，坚筋骨，助阴气”。《本草纲目》中阐明了酸枣仁生、熟功效的差异：“酸枣仁，甘而润，故熟用疗胆虚不得眠，烦渴虚汗之证；生用疗胆热好眠。皆足厥阴、少阳药也，今人专以为心家药，殊昧此理。”

品鉴药点

枣仁助眠鸡蛋糕

【材料】酸枣仁 15 克，鸡蛋 450 克，白糖 240 克，面粉 240 克，植物油适量。

【做法】①将酸枣仁洗净，晾干，磨粉备用；②将鸡蛋打碎入较大的碗中，搅拌，加入白糖，顺时针方向拌至蛋液发泡，倒入酸枣仁末和面粉，即成蛋糕生坯；在蛋糕的模具盒中抹上适量植物油，倒入鸡蛋生坯，将泡沫刮去，放入烤箱，180℃温度烤 15 分钟左右即可。

本药点具有宁心安神的功效。适合烦躁不安、难以入眠的人群食用。

枣仁桂圆莲子饭

【材料】酸枣仁 15 克，桂圆肉 30 克，莲子 30 克，糯米 150 克，植物油 3 克。

【做法】①酸枣仁洗净，放入锅内，加水熬煮出药汁；②将桂圆肉、莲子洗净后放入锅内，蒸熟后备用；③糯米洗净，加入酸枣仁汁，上蒸锅蒸熟后，加适量植物油，搅拌均匀；④取一只空碗，底部倒入莲子和桂圆肉，上面盖上糯米饭，放进蒸锅蒸 10 分钟后即可。

本药点具有养血助眠的功效。适合阴血不足、心神不宁、入睡困难的人群食用。

山茱萸

朱实山下开

朱实山下开，
清香寒更发。
幸与丛桂花，
窗前向秋月。
——唐·王维《山茱萸》

这首诗记述了诗人在金秋之夜赏花看景的情形。诗人游玩至此，看到满山的山茱萸开放，天气寒冷，花香释放得更远更沁人。诗里的画面让读者好生羡慕，笔锋一转，一棵金桂树，桂花飘香，照着明月，银色的月光洒在金色的桂树上，也照进诗人的心里。花好月美，诗人或许在思念月光中的家乡，也可能就是在享受茱萸花清香而已。

养生解读

王维的另一首脍炙人口的“独在异乡为异客，每逢佳节倍思亲。遥知兄弟登高处，遍插茱萸少一人”的作品，反映了当时的重阳节与山茱萸密不可分。《神农本草经》中记载山茱萸“味酸平，主心下邪气，寒热，温中，逐寒湿痹，去三虫。久服轻身。一名蜀枣。生山谷”，中医学认为，山茱萸能补益肝肾、收涩固脱，有平补阴阳之效。山茱萸因其味酸甘，有收涩之意，故能在补益精血同时，兼有收敛之功，对于年老体衰引起的眩晕耳鸣、腰膝酸痛、遗尿尿频、大汗虚脱都有很好的改善作用。山萸肉果实也可以食用。

现代药理研究发现，山茱萸可以通过提高血红蛋白含量、记忆力、体力来延缓衰老引起的一系列并发症。山茱萸中含有的熊果酸能清除身体中的自由基，起到镇静、抗感染、抗菌、抗癌、抗糖尿病、抗溃疡等多种作用。同时，山茱萸对于心脏等循环系统也有帮助，能增加心肌收缩力、扩张外周血管、抗心律失常、抑制异常的凝血现象。

品药鉴点

山茱萸蛋糕

【材料】山茱萸150克，低筋面粉180克，泡打粉12克，盐9克，黄油90克，白砂糖90克，鸡蛋60克，酸奶30克。

【做法】①低筋面粉、泡打粉、盐混合，搅拌均匀，拌成干料备用。黄油融化，加入白糖、鸡蛋拌匀，加酸奶，倒入之前准备的干料搅拌；②山茱萸洗净，去核，切成细丁；③将果丁拌进面糊，搅拌均匀，依次倒入模具中，放入烤箱，180℃预热，烤25分钟左右即可。

本药点具有补益肝肾的功效。适合肝肾不足、眩晕耳鸣、腰膝酸痛的人群食用。

茱萸山楂包

【材料】山茱萸60克，山楂150克，面粉600克，桂花3克，酵母9克。

【做法】①山楂和山茱萸洗净，入锅加水煮熟，碾碎捣烂，过筛，加入桂花、红糖，倒入锅内，熬煮成果酱，备用；②面粉和酵母混合，加水，搅拌揉捏，封上保鲜膜，等待发酵至两倍；③发酵完成，揉成长条，均匀地切成等分的面团剂子，擀成面皮，裹入果酱，捏成包子，放入蒸笼，大火蒸15分钟即可。

本药点具有补益肝肾、健胃消食的功效。适合肝肾不足兼有消化不良的人群食用。

枸杞子

上有万颗珊瑚珠

流水河边见碧树，上有万颗珊瑚珠。
此疑仙人不死药，黄鹄衔子来方壶。
露犹未晞手自采，和以玉粉溲云腴。
卧听松风响四壁，未老更读千车书。
——元·黄玠《采枸杞子作茶饼子》

诗中的“珊瑚珠”“不死药”均指枸杞子，一为形态比拟的描述，一为奇特功效的借喻。诗中写道，在流水河边，碧绿的树上挂满了许多玲珑晶莹的枸杞子，如同上万颗的珊瑚珠一般，疑似是神仙所服用的灵丹仙药，黄鹄衔着它飞来“方壶”边。在晨露尚未干燥之前，我亲自采摘了一些枸杞子，加入“玉粉”浸泡做茶饼子。躺在床上听见屋外松树林间的风敲响着周围的墙壁，不禁感慨人趁尚未年老时更应多读书。

养生解读

枸杞子别名甚多，如枸杞红实、甜菜子、狗奶子、枸杞果、地骨子、红耳坠等，《诗经·小雅》有言“陟彼北山，言采其杞”，可见枸杞的生长与食用渊源久矣。人们日常食用和药用的枸杞子多为宁夏枸杞的果实。中医学认为，枸杞味甘，性平，具有滋补肝肾、益精明目的功效。《神农本草经》记载“久服枸杞能坚筋骨、耐寒暑，轻身不老”，乃中药中的上品；《本草纲目》中亦称其“久服，坚筋骨，轻身不老，耐寒暑”。

现代药理研究表明，枸杞子所含成分种类丰富，如糖类以枸杞多糖为主，含 19 种氨基酸、多种维生素与矿物质、超氧化物歧化酶、生物碱类，多种脂肪酸中不饱和脂肪酸占 60%以上，还有其他成分，如谷醇、豆醇、七叶内酯等。药理作用主要有抗疲劳、耐缺氧、延缓衰老、降血脂、降血糖、增强免疫力、抗肿瘤、保肝护肝、保护生殖系统等。

品药鉴点

枸杞玫瑰糕

【材料】枸杞子 15 克，食用鲜玫瑰花 6 克，冰糖 45 克，鱼胶粉 45 克。

【做法】将枸杞子、玫瑰花放入热水中煮 5 分钟，捞出沥干水分备用；将煮枸杞子及玫瑰花的水再次煮开，放入冰糖，小火煮至完全溶解；加入鱼胶粉，不停搅拌至完全溶解，放入枸杞子、玫瑰花花瓣，煮 1 分钟，然后熄火焖 5 分钟；倒入容器内，待凉后放入冰箱冷藏 2 小时即成。

本药点具有养肝明目解郁的功效。适合春夏季多数人食用或血虚气郁体质、面色不华、郁闷、头晕、眼睛干涩的人群食用。

［枸杞山药糕／宋儿·南京］

枸杞山药糕

【材料】枸杞子 15 克，鲜山药 90 克，大米粉 165 克，牛奶 90 毫升，蜂蜜、果糖、黑芝麻各适量。

【做法】枸杞子洗净备用；山药削皮，切块，放入搅拌机里绞成山药泥；依次加入牛奶、蜂蜜、米粉，搅拌均匀；在模具内刷上油，倒入拌好的山药米糊，放上枸杞子；放入蒸锅蒸约 15 分钟；出锅后，撒上黑芝麻，淋上果糖即可。

本药点具有补肝肾、益脾胃的功效。适合肝肾不足、脾胃虚弱、腰酸、目糊、纳差的人群食用。

茯　苓

山寒少茯苓

寄语杨员外，山寒少茯苓。
归来稍暄暖，当为劚青冥。
翻动神仙窟，封题鸟兽形。
兼将老藤杖，扶汝醉初醒。
——唐·杜甫《路逢襄阳杨少府入城戏呈杨员外绾》

诗中寄语提醒杨员外：外面天寒地冻，山中十分寒冷，茯苓数量较少，不用急着去采集。来年天气稍转暖的时候，才是进山采茯苓的好时机。待那时，便能自得其乐地翻动着如神仙洞窟一般的松树根系，寻找如鸟、如兽样的各种奇形异状的东西，说不定到那时还可能有意外的收获，得到一株老藤树的手杖，以便在您喝醉酒，苏醒过来时扶上您一把。

养生解读

茯苓别名甚多，如茯菟、茯灵、松腴、云苓、松薯、松苓、不死面等，在我国药用历史十分悠久，始载于《神农本草经》，归为上品，历来被当作珍贵的滋补品而深受人们喜爱。宋代文学家苏辙特地写了《服茯苓赋》高度赞赏茯苓之效用，颇为有趣的是，其兄苏轼乃是制作茯苓饼的能手，把它和芝麻一起做成养生佳品常食，载道："以九蒸胡麻，用去皮茯苓少入白蜜为饼食之，令气力不衰，百病自去，此乃长生要诀。"中医学认为，茯苓味甘、淡，性平，具有利水渗湿、健脾安神的功效。《本草纲目》云："茯苓气味淡而渗，其性上行，生津液，开腠理，滋水源而下降，利小便，故张洁古谓其属阳，浮而升，言其性也；东垣谓其为阳中之阴，降而下，言其功也。"

现代药理研究表明，茯苓多糖是茯苓的主要成分之一，茯苓中可分离出60余种三萜类成分，还含有挥发性成分和脂肪酸类成分等，其主要的药理作用有抗肿瘤、保护肝脏、调节免疫功能等方面。

品药鉴点

茯苓包子

【材料】茯苓45克，面粉900克，鲜猪肉450克，姜、葱、酱油、胡椒粉、芝麻油、料酒、食盐、骨头汤、酵母粉各适量。

【做法】将茯苓放入锅中，加水适量，煮3次，每次煮1小时，将3次的药汁合并过滤，待用；面粉中加入温热茯苓水和面，放入适量酵母粉，揉成发酵面团，静置发酵；将猪肉剁成肉馅，加入各种调味料，拌匀制成馅；待发酵完成后，将面团揉成长条，分成剂子，包成包子；放入笼屉，武火蒸15分钟即成。

本药点具有益脾渗湿、宁心安神的功效。适合消化不良、小便不利、夜寐不安等人群食用。

［茯苓包子］

茯苓薄饼

【材料】茯苓180克，糯米粉180克，白糖适量。

【做法】将茯苓磨成细粉，加糯米粉、白糖及适量水，调成糊；以微火在平底锅里摊烙成薄饼即可。

本药点具有健脾补中、宁心安神的功效。适合脾虚便软、心神欠宁、夜寐不安等人群食用。

木部

枸杞子

善明目，退虚热，壮筋骨，除腰疼，久服有益

菜部

薤　白

薤白罗朝馔

路到层峰断，门依老树开。
月从平楚转，泉自上方来。
薤白罗朝馔，松黄暖夜杯。
相留笑孙绰，空解赋天台。

——唐·李商隐《访隐》

这首诗的首联写通往隐士家的道路在层峦叠嶂间到了尽头，隐士庐舍的门口有苍郁的老树。颔联意为月亮从平缓的丛林间升转出现，山泉的上游有佛舍僧居的寺庙。颈联是说隐士采来薤白作为早晨的菜肴，用松花酿的酒点缀夜饮的酒杯，用来招待来访的客人。尾联解为孙绰（东晋诗人，著有《天台山赋》）向往天台山，遥为之赋，自己未能亲往，所以隐士和诗人相留而笑之。从诗意看来，诗人前往山中拜访隐士，前四句是山中环境的描写，五六两句叙述隐士的生活，晨食薤白餐，夜饮松黄酒，结尾诗人以孙绰喻己，以作自嘲。

养生解读

李时珍《本草纲目》中记载一则故事："安陆郭坦，得天行病后，遂能大餐，每日食至一斛。五年，家贫行乞。一日大饥，至一园，食薤一畦，大蒜一畦，便闷极卧地，吐一物如笼，渐渐缩小。有人撮饭于上，即消成水，而病寻瘳也。"因此，李时珍云："薤散结、蒜消癥之验也。"中医学认为，薤白性温，味辛，具有通阳散结、行气导滞的功效。此外，《神农本草经》中载薤白主金疮、轻身、耐老。

现代药理研究表明，薤白含有多种甾体皂苷类成分，多种酸性化合物，如棕榈酸、油酸、亚麻酸等，还有含氮化合物，如抑制血小板活性的腺苷，以及挥发油类，其中50%以上为含硫化合物，使薤白具有特征性的芳香气味。薤白可以有效地解痉平喘，对细菌有显著抑制作用，还能明显降低血清胆固醇、甘油三酯等体内血脂，适量食用有助提高免疫力。

品鉴药点

薤白鸡蛋煎饼

【材料】薤白15克，鸡蛋3个，面粉30克。

【做法】薤白洗净，切碎；鸡蛋打散，加入少许水，拌匀，放入薤白；再次拌匀，加入面粉，混合搅拌成稀糊状；不粘锅中加入少许橄榄油，锅烧热，转小火，放入一大勺面糊，迅速摊匀；烙至四边翘起，翻面再烙即可出锅食用。

本药点具有宽胸通阳、行气导滞的功效。适合胸阳不振、胸闷不畅等人群食用。

［薤白鸡蛋饼］

［薤白］

薤白公英馄饨

【材料】薤白15克，蒲公英150克，猪肉300克，馄饨皮450克，食盐、鸡精、食用油各适量。

【做法】摘洗干净的薤白切成细末，放入剁碎的肉糜中；蒲公英摘洗干净，焯水后放入冷水浸泡；放适量食盐、鸡精、食用油到肉糜中，搅拌均匀，腌制入味；取出蒲公英，沥干水分，剁成细末，放入肉糜中，搅拌均匀成馅；取馄饨皮，包入馅；水里放点食盐，水开后放入馄饨煮，水滚三滚馄饨即熟，捞出即可食用。

本药点具有行气宽胸健胃的功效。适合胸脘时闷、消化不良、血脂偏高等人群食用。

马齿苋

暮鼎羹马齿

荒村无鸡豚，何以供刀机。
山蔬杂百种，此物含妙理。
幽居有胜事，一笑随稚子。
朝甑饭凫茈，暮鼎羹马齿。
笋包出土肥，蕨芽含露紫。
试采少陵苣，更撷天随杞。
举杯香覆坐，摇喉滑流匕。
悠然理尘策，果腹万事已。

——宋代·周紫芝《撷野蔬示小儿》

这首诗描述了悠闲自得的田园生活。全诗大意为：山野荒村里没有鸡和猪这些家禽，屠刀和案几闲置。山中的野果蔬菜品种有数百种之多，这些野蔬中包含着精微的道理。幽静隐居是一件美好的事情，跟随小儿一声欢笑，心情畅快惬意。早晨食以甑盛放的荸荠饭，晚上吃以鼎装着的马齿羹。肥嫩的笋从泥土中悄悄钻出，蕨菜芽顶着露珠闪耀着紫色光泽。尝试采莴苣，随手撷取天然的枸杞。静坐着举起茶杯，香气四溢，轻摇后饮入，口感十分滑润。悠然地整理落满灰尘的简策，腹中已饱，万事便足矣。

养生解读

马齿苋别名很多，如瓜子菜、长寿菜、猪母草、五方草、五行草、耐旱菜等。据说，人们因观察到马齿苋的叶呈青色、茎枝呈红色、花呈黄色、根为白色、籽为黑色，故称它为“五行菜”或“五行草”。马齿苋生食、烹食均可，做法甚多，或做汤，或做成炖菜。中医学认为，马齿苋性寒，味酸，具有清热解毒、凉血止痢、除湿通淋的功效，《本草纲目》中载其能“散血消肿，利肠滑胎，解毒通淋。治产后虚汗”。

品药鉴点

干马齿苋包子

【材料】干马齿苋300克，面粉600克，油豆腐120克，酵母6克，盐、酱油、猪油各适量。

【做法】①将马齿苋用温水泡发，去杂质，再以凉水清洗干净，挤干水分后与油豆腐一同切碎，加盐、酱油、猪油拌匀，制成包子馅。②面粉中加入酵母、水，和成面团，盖上保鲜膜，静置发酵至两倍大。③取出排气后揉成长条，分割成剂子，做成包子，上蒸笼蒸熟即可。

本药点具有清热化湿的功效。适合大肠湿热、大便软溏、肛门灼热的人群食用。

【鲜马齿苋煎饼】

鲜马齿苋煎饼

【材料】鲜马齿苋120克，面粉180克，鸡蛋3个，小葱、盐、五香粉、食用油各适量。

【做法】将洗净的马齿苋、小葱切碎，放入盆中；鸡蛋打碎后放入；再放入面粉、适量水、盐、五香粉，搅拌成糊状；平底锅刷一层薄油，烧至八分热，倒入适量面糊，转动锅，使其均匀成圆形；待其一面成形、透亮上色后再翻面煎另一面，煎至两面金黄即可。

本药点具有清热化湿的功效。适合湿热体质的人群食用。

山　药

一杯山药进琼糜

腐儒碌碌叹无奇，独喜遗编不我欺。
白发无情侵老境，青灯有味似儿时。
高梧策策传寒意，叠鼓冬冬迫睡期。
秋夜渐长饥作祟，一杯山药进琼糜。
——宋·陆游《秋夜读书每以二鼓尽为节》

这首诗表达的是诗人晚年生活清苦，却依然好学不倦的情怀。深秋的夜晚，正是气爽神清之时，诗人谦虚地称自己为平平无奇的“腐儒”，也是在感叹自己广博的才学始终难以被委以重任。如今，年岁已高，可能已经没有了当年的雄心，但白发没有埋没一颗爱读书的赤心。虽几十年如一日地读书，诗人的生活却是充满了乐趣，这才是真正有学问之人的境界。风吹动门外梧桐树叶策策作响，深秋渐渐有了一丝寒意。秋夜漫漫，渐渐觉得有些饿了，诗人喝一杯山药糊就能解饥，然后继续享受开卷之乐。这就是超凡的生活态度，一杯山药糊足以解忧，唯有读书才得其乐，诗人的安贫乐道实属难能可贵。

养生解读

山药，原名薯蓣，仲景著《金匮要略》中有一治疗虚劳病之方，叫做薯蓣丸，能调理脾胃、益气和营。另外《红楼梦》中曾提到的枣泥山药糕，便是贾老太太赠予秦可卿调理身体的，以此可见，山药绝对称得补养身体“上品”之名。中医学认为，山药有补益之力，可入脾、肺、肾三经，脾为人之后天之本，肾为人之先天之本，山药“两本”兼顾，实在是妙。山药性平和，口感甘甜，补而不滞，又可药食两用，深受广大老百姓的喜爱。

现代药理研究发现，山药中富含蛋白质、氨基酸、多糖、维生素等多种营养成分，其含有的氨基酸和蛋白质都是人体必需的。研究发现，山药多糖有增强免疫力、抗氧化、延缓衰老、降血脂血糖的作用，也可抑制多种类型肿瘤的生长。山药中所含的消化酶摄入人体后，可促进蛋白和淀粉分解，有助于食物消化。

品药鉴点

山药茯苓包

【材料】山药 120 克，茯苓粉 120 克，白扁豆粉 120 克，面粉 600 克，酵母 9 克，红糖、猪油各适量。

【做法】①将山药粉、茯苓粉、白扁豆粉混合，放入碗中，加适量水，搅拌成糊状，放入蒸笼，蒸 30 分钟左右，加入猪油和红糖，搅拌均匀，待凉后用；②面粉加适量水，加入酵母，发面，等待面团膨胀，待发好后，加入适量干粉揉成细条，用滚刀法切成若干面团剂子；③在面团剂子中加入馅料，捏圆成包子，上蒸笼，蒸熟即可。

本药点具有健脾渗湿的功效。适合脾胃不足、便软、纳差的人群食用。

山药薄脆饼

【材料】山药 120 克，面粉 90 克，豆沙 48 克，酵母 3 克，食用油适量。

【做法】①山药洗净，去皮，放入锅里煮熟，碾碎，制成山药泥。将山药泥与面粉、酵母混合，搅拌均匀，加适量水，揉捏成面团，封上保鲜膜，待其发酵；②将发酵好的面团揉成长条，均匀分成若干面团剂子，搓成面饼状，擀成面皮，裹入豆沙，收口，捏成圆饼状，尽量捏薄；③锅中放入食用油，热锅，放入饼，煎成两面金黄即可。

本药点具有补益固涩的功效。适合肺虚喘咳、脾虚便溏、肾虚尿频的人群食用。

百 合

云根百叠可为粮

接叶开花玉瓣长，
云根百叠可为粮。
却教艺苑传佳话，
岁轴图成兆吉祥。
——清·弘历《题邹一桂写生卷九首·其九·百合花》

这首诗表达了乾隆皇帝(弘历)对百合花的喜爱之情。百合花洁白纯净无瑕，绿叶连着花骨朵，修长的花瓣在诸花中少有。花开之后，每一片花瓣都像一朵云，团团簇簇，静静地开放，其根亦是如此层层叠叠在一起，还能作为充饥的粮食食用。即使看着画师的一幅写生图，也能感受到百合花的高贵，仿佛能闻到花香。写生大师邹一桂的画作，是当时受人追捧的佳品，乾隆皇帝看到画作之后有感而发，写下此诗。

养生解读

百合花很美，而其地下部分更是功效独特，可食用，亦可入药。百合药用的历史较为悠久，其在药膳中的用法也很多，百合的花和根茎均可以使用，如在许多炖品、粥品中加入百合都有妙处。百合入心、肺两经，能缓解失眠、咳嗽等心肺疾病。《神农本草经》云百合“味甘平。主邪气腹胀心痛，利大小便，补中益气”，由此可见，百合兼有理中焦之能。百合适合中老年人秋季食用，可应对年老阴虚者因秋燥出现的一系列疾病。

现代药理研究发现，百合中含有甾体皂苷、甾醇、酚酸甘油酯、黄酮、苯丙素、生物碱、多糖类等化学成分。百合醇类能镇静安神，有助于睡眠，而百合总苷具有很好的抗抑郁作用，百合水提取物对于呼吸系统有帮助，能有效地祛痰止咳。

品药鉴点

百合米糕

【材料】百合 1 500 克,粳米粉 360 克,糯米粉 390 克,蜜枣 60 克,松子仁 60 克,白糖适量。

【做法】①将百合洗净,除去老瓣,撕成一瓣一瓣,放于笼内干蒸,蒸熟捣烂冷却,将糯米粉和粳米粉混合,拌匀成干镶粉备用;②以 500 克熟百合和 500 克糯米粳米粉的比例,加少许水一起搅拌,静置 2 小时,然后用 24 目网筛过筛,制成百合糕粉备用;③用蒸熟的百合 500 克、干镶粉 250 克、白糖适量混合,搅拌均匀制成馅心;④取一半百合糕粉做底,铺上馅,再把其余一半铺在面上,撒上切碎的蜜枣、松子仁;⑤将生坯放在旺火上蒸熟,取出待凉,切成三角形小块,冷热均可食用。

本药点具有养阴润肺、润燥滑肠的功效。适合肺燥干咳、口干、气短、便秘的人群食用。

百合面饼

【材料】干百合 60 克,面粉 240 克,白砂糖少许,酵母粉适量。

【做法】①干百合磨成粉,加水备用;②将百合粉水倒入面粉搅拌,放入适量酵母,和成面团,醒发;③将发酵好的面团揉搓成长条状,分成小剂子,擀成厚薄均匀的片状面饼;④将面饼放入平底锅中小火慢烤,其间均匀移动面饼,烤至两面焦黄、熟透即可。

本药点具有补肺安神的功效。适合肺虚时咳、心神不宁、虚烦不眠的人群食用。

灵　芝

裛露采灵芝

海上求仙客，三山望几时。
焚香宿华顶，裛露采灵芝。
屡蹑莓苔滑，将寻汗漫期。
倘因松子去，长与世人辞。
——唐·孟浩然《寄天台道士》

这首诗是诗人游天台山时赠予天台道士的。古时大海一直是未知的，相传海上有三座仙山——蓬莱、方丈、瀛洲，不知道多少道士想要一探究竟。天台上的道士在山顶点起香炉，余烟袅袅，宿而感受天地精华，晨起趁着晨露去寻找灵芝仙草。山顶常年有雨雾，故每一步路都要小心翼翼，但一切的求道之路都是值得的。倘若能有所成就，随着仙人而去，就是道士修道最好的回报。诗人游历山河，在天台山看到道士们的寻道之路，有感而写下此诗。此时的诗人是潇洒的，在山河湖海里找到了更多的乐趣，能有这样的体会，何乐而不与世俗辞别呢？

养生解读

灵芝，素有“仙草”之称，仿佛直接从神话故事中来到现世。山川云雨，四时五行，阴阳昼夜之精，孕育出了这样神奇的灵药。古往今来，灵芝一直被人尊为上品，其补益之力能遍布五脏。《神农本草经》赞六色芝各有不同妙处，中医学认为，灵芝可以补气安神、止咳平喘，主入心、肺、肝、肾经。现在出现的灵芝孢子粉也是一种保健品，是科技与中药结合的成果。

现代药理研究发现，灵芝的主要活性成分有多糖类、核苷类、呋喃类、甾醇、生物碱及氨基酸类，对人体的免疫功能有很大帮助。灵芝还能清除体内的自由基，从而对机体起到保护作用，达到延缓衰老的目的。灵芝的止咳平喘功能不仅能对呼吸系统起镇静作用，还能缓解心血管疾病、促进肝细胞再生。

品药鉴点

灵芝猪肉包

【材料】灵芝60克，面粉900克，猪肉450克，酵母9克，生姜15克，麻油15毫升，黄酒15毫升，骨头汤300毫升，食盐、葱花各适量。

【做法】①将灵芝用水浸泡，蒸软切片，用煎煮法取汁，每次分别加水400克，煮2次，每次煮1小时，合并2次药汁，滤去药渣，入锅浓缩成500克药汁；②面粉中加入酵母和温热灵芝汁，搅拌均匀，揉捏成面团发酵；③猪肉洗净，剁碎成肉糜，加酱油搅拌后，加入生姜末、食盐、麻油、黄酒、葱花、骨头汤，搅拌成馅；④面团发酵完成后，搓成半径为3～4厘米的粗长条，均匀切成20个剂子，擀成圆面皮，裹入馅料成生坯，最后放进蒸笼蒸15分钟左右即可。

本药点具有养心安神的功效。适合心神不安、睡眠不佳的人群食用。

灵芝肉蛋饼

【材料】灵芝3克，猪肉90克，鸡蛋3个，料酒、酱油各适量。

【做法】①灵芝洗净，磨成粉，备用；②猪肉切块，剁成肉糜，拌入灵芝粉，倒入适量料酒、酱油，再拌入蛋液，搅拌均匀；③捏成圆饼状，上蒸笼，蒸15分钟即可。

本药点具有补气安神止咳的功效。适合心神不宁、肺虚时咳的人群食用。

菜部

山药

能补肺、补肾兼补脾胃

虫部

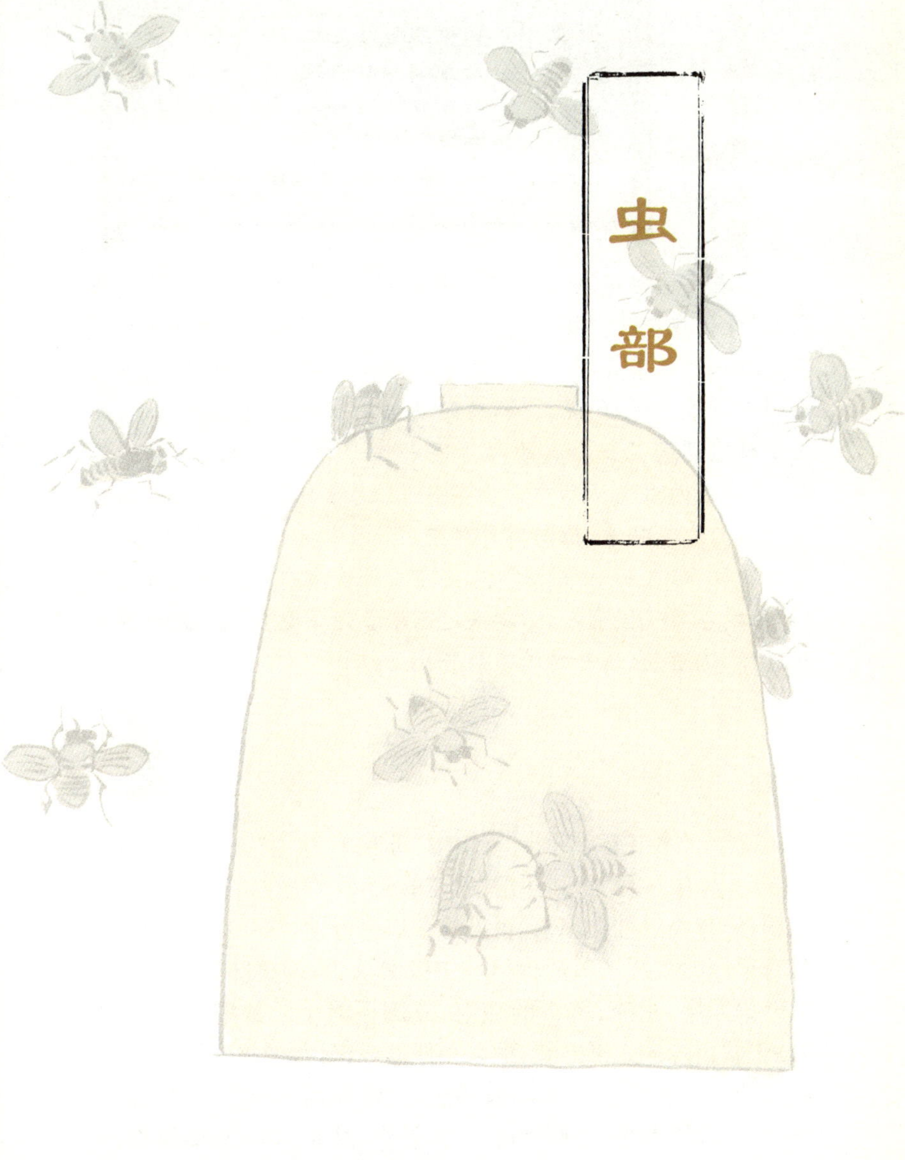

蜂　蜜

残花酝酿蜂儿蜜

残花酝酿蜂儿蜜，
细雨调和燕子泥。
绿窗春睡觉来迟。
谁唤起？　窗外晓莺啼。
——元·胡祗遹《阳春曲·春景》

这首元曲主要写了春日小憩后的惬意春景。虽然已是残花，蜜蜂仍在花丛中绕飞，从残蕊中采蜜，酿出甘甜，这样的残花不会给人以零落凄凉之感。春雨往往令赏春者扫兴，可燕子却在雨中穿梭忙碌，衔泥筑窠，纷纷的细雨不但没有妨碍它们，反而帮助它调和泥土。这两句体现出作者对生活的观察细致入微，从小小的虫鸟活动中看出了春意。“绿窗春睡觉来迟”写出窗内人的浓浓睡意，似与窗外的燕、蜂无关，但一个“春”字点出了内在联系，又加一个“绿”字，使窗内外连成一片。睡意如此酣畅，正因春天气候宜人。“觉来迟”，毕竟还是醒了，是因为“窗外晓莺啼”惊醒的，这是对莺声的赞悦。

养生解读

蜂蜜又名冬酿、蜂糖、石饴等，苏辙有诗云“井底屠酥浸旧方，床头冬酿压琼浆”，“冬酿”就是蜂蜜，称赞屠苏酒里加些蜂蜜服用，滋味美过神仙琼浆，可见蜂蜜口感极佳，深受人们的喜爱，其有很好的食用及药用价值。中医学认为，蜂蜜味甘，性平，具有补中润燥、止痛、解毒的功效，外用还能生肌敛疮。《本草纲目》中载：“蜂采无毒之花，酿以小便而成蜜，所谓臭腐生神奇也。其入药之功有五：清热也，补中也，解毒也，润燥也，止痛也。生则性凉，故能清热；熟则性温，故能补中；甘而和平，故能解毒；柔而濡泽，故能润燥；缓可以去急，故能止心腹、肌肉、疮疡之痛；和可以致中，故能调和百药。”

品药鉴点

蜂蜜蛋糕

【材料】蜂蜜 30 克，低筋面粉 60 克，鸡蛋 72 克，细砂糖 30 克，色拉油 24 毫升。

【做法】将蜂蜜、细砂糖倒入盆中，打入鸡蛋；用电动打蛋器将鸡蛋打发至浓稠状态，提起打蛋器时，滴落的蛋糊能在蛋糊表面划出花纹且维持较长时间不消失；在打发好的蛋糊里筛入低筋面粉；用硅胶刮刀从底部向上翻拌，将面粉和蛋糊彻底拌匀；在拌好的面糊里倒入植物油，也以翻拌的形式搅匀成蛋糕糊，倒入模具至 1/2～2/3 的厚度。将蛋糕模具放入预热至 190℃ 的烤箱，烤焙 15 分钟左右，表面成金黄色即可。

本药点具有补中润燥的功效。适合中虚不足、大便干燥等人群食用。

蜜饯黑枣

【材料】蜂蜜 300 克，黑枣 300 克，青葙子 60 克。

【做法】将青葙子洗净，加适量水煎煮，每 20 分钟取煎液 1 次，加水再煎，共煎取 3 次药液合并；然后将黑枣放入药液中煎煮，煎至枣熟烂，等余汁将干时加入蜂蜜调匀，待稍凉后，装瓶罐即成。

本药点具有补血安神、明目的功效。适合贫血、面色不华、精神不振、睡眠不佳、两目干涩等人群食用。

虫部

蜂蜜

甘润可以泄泽养正

兽部

阿　胶

授我仙药，神皇所造

晨游泰山，云雾窈窕。
忽逢二童，颜色鲜好。
乘彼白鹿，手翳芝草。
我知真人，长跪问道。
西登玉台，金楼复道。
授我仙药，神皇所造。
教我服食，还精补脑。
寿同金石，永世难老。
——三国·曹植《飞龙篇》

诗人写道：晨起我游览泰山，云缠雾绕，景色幽深。忽然遇见两位孩童，活泼伶俐且容颜姣好。他们双双乘着白鹿，手中似握着仙草灵芝闪闪发光。我知晓眼前的孩童必定是真神仙，就跪拜请教其指点长寿之道。二仙领我走到楼阁上的二层通道，来至金楼玉台上，笑着赐予我仙药(此处“仙药”借指阿胶)，此药应是玉皇大帝所制炼。二仙教我服食后，我精气复足，脑力补全。从此我寿可比金石，长生不老，永存世间。曹植曾做过“东阿王”，初到东阿时身体羸瘦，因常食东阿阿胶，身体受益匪浅，故作此诗赞之。

养生解读

阿胶又名盆覆胶、驴皮胶，原产于山东省古东阿县(今阳谷县阿城镇古阿井)，是以驴皮为主要原料、以阿井之水制成，晋唐时期因“岁常煮胶以贡天府”而称其贡胶。阿胶，作为补血上品，药食两用历史十分悠久，并与人参、鹿茸并称“中药三宝”。关于阿胶功效的传说有很多，如《长恨歌》中以“温泉水滑洗凝脂”，描写了杨贵妃的肌肤极为细腻光滑，唐代诗人肖行澡赋诗“暗服阿胶不肯道，却说生来为君容”，可谓一语中的解玄机，据说杨贵妃为保持容颜美丽，每天都吃阿胶做的糕点。阿胶在《神农本草经》中被归为上品。中医学认为，阿胶味甘，性平，具有补血止血、滋阴润肺的功效。

品药鉴点

阿胶核桃糕

【材料】阿胶240克，核桃150克，黑芝麻150克，冰糖240克，黄酒240毫升。

【做法】将阿胶、冰糖打成粉，核桃、芝麻炒熟，备用；在阿胶粉中加入黄酒浸泡，加入打好的冰糖粉，熬至溶化；再将核桃、黑芝麻加入调好的阿胶中，搅拌，熬制收膏；倒入容器冷却，凝固，切成小块。

本药点具有补血益肾、健脑益智的功效。适合气血虚弱、过度用脑的人群食用。

【阿胶】

阿胶枣仁糕

【材料】阿胶240克，酸枣仁90克，黑芝麻240克，冰糖240克，黄酒240毫升。

【做法】先将芝麻炒熟，再将阿胶、冰糖、酸枣仁打成粉，备用；在阿胶粉中加入黄酒浸泡，加入打好的冰糖粉，熬至溶化；加入酸枣仁、黑芝麻打成的粉，搅拌，熬制收膏；倒入容器冷却，凝固，切成小块。

本药点具有补血安神的功效。适合气血不足、睡眠欠安的人群食用。

兽部

阿胶井

阿井胶泉出圣药，妇人滋补数阿胶